# 나는 5년간
# 은퇴를 준비했다

# 나는 5년간 은퇴를 준비했다

ⓒ 이상수, 2026

초판 1쇄 발행 2026년 2월 25일

지은이      이상수
펴낸이      이기봉
편집        좋은땅 편집팀
펴낸곳      도서출판 좋은땅
주소        서울특별시 마포구 양화로12길 26 지월드빌딩 (서교동 395-7)
전화        02)374-8616~7
팩스        02)374-8614
이메일      gworldbook@naver.com
홈페이지    www.g-world.co.kr

ISBN    979-11-388-5465-8 (03810)

# 나는 5년간
# 은퇴를
# 준비했다

이상수 저

은퇴를 준비하는
여정에 대한 기록

자신만의 은퇴를
설계하는 법

"'끝'을 준비한 것이 아니라,
'다음'을 설계한 것이었습니다."

33년간의 직장생활을 끝내며
인생의 2막을 준비하다!

좋은땅

## 서문

## 5년이라는 시간의 의미

"은퇴를 준비하는데 5년이라는 시간이 필요했을까요?"

그렇습니다. 정확히 5년이라 단정할 수는 없지만, 우리는 종종 '1만 시간의 법칙'을 이야기합니다. 무언가를 진심으로 준비하고 방향을 세우고 속도를 유지하며 몰입한 시간의 총합이 대략 5년이라는 뜻입니다. 그만큼의 시간이 흘러야 비로소 한 사람의 마음과 삶이 단단하게 정리되고 다음 단계의 길을 내딛을 준비가 된다는 의미일지도 모릅니다.

필자는 1989년부터 사회생활을 시작했습니다. 이즈음에는 문민정부가 들어서고 88서울 올림픽이라는 역대의 국가적 행사가 끝이 나고 경제성장이 눈이 부실 정도로 성장하던 시기였습니다. 대한민국에 다시 그런 성장 패턴이 만들어질지 알 수는 없으나 불가능할 것 같다는 생각이 들긴 합니다.

이 책이 출간되는 2026년초쯤 되면 꼬박 35년 동안 한 조직에서 일한 셈이 됩니다. 물론 2002년부터 약 2년 동안은 개인 사업을 했으니 엄밀히 말하면 조직 생활은 33년 정도였다고 해야 맞겠습니다. 긴 시간 동안 회사는 제 인생의 대부분이었고 직장은 곧 세상의 전부였습니다. 지금 시대와 같은 주 5일제, 52시간 제도 같은 것은 없었고 야간이고 주말이고 일에 묻혀 사는 것이 그저 당연한 일이었던 시기였습니다.

그러나 그 안에서 어느 순간, 성장의 속도가 멈춘 듯한 커다란 공허함이 찾아왔던 것 같습니다. 어쩌면 스스로 성장을 멈추기로 마음먹었다고 해야 맞는 말일 것 같습니다. 회사라는 조직 안에서의 성장은 결코 본인 스스로의 성장이 될 수 없다는 것을 느낀 바가 컸기 때문일지도 모릅니다.

사원으로 시작해 대리, 과장, 차장, 부장을 거쳐 프로젝트 매니저(PM)로 워커홀릭처럼 일하던 어느 날이었습니다. 스스로의 목표, 그리고 조직의 임무를 완수하고 기대하던 목표를 달성하고도 마음 한편이 텅 빈 것 같았습니다.

"이제 어디로 가야 할까?"

그 질문이 시작이었습니다. 그리고 그 질문은 오랫동안 저를 힘들게

괴롭혔던 기억으로 남아 있습니다. ENTJ 성향의 필자는 늘 다음 목표가 있어야 움직일 수 있었기에 그때의 정체됨은 방향을 잃은, 어쩌면 조금은 위험한 항해와도 같았습니다.

솔직하게 말하자면, 이러한 상황은 20여 년 전에도 한 번 더 존재했습니다. 2000년대 초, 회사에서 과장으로 승진하자마자 역설적으로 오히려 길을 잃게 되었습니다. 오히려 과장으로 승진하면 목표를 더 크게 세우고 조직 안에서 더 많은 일을 할 수 있겠다 싶었는데 막상 승진을 하고 나니 너무도 당연한, 그 다음이 보이기 시작했던 것 같습니다.

"다음은 5년쯤 지나서 차장인가?"
"무엇이 달라질 수 있을까?"

시간이 지나고 나이는 점점 들어갈 것이 틀림없고 옆 자리에 보이는 김 차장님, 박 차장님처럼 출근과 퇴근을 반복하며 의자에서 몸을 뒤로 젖힌 채 시간을 소비하며 살아가야 하는 건가?
그런 모습이 미래의 제 자신이 되어서는 안되겠다는 생각이 많이 들었던 시기였습니다. 무언가 새로운 것을 해내야겠다는 열망과 막연한 불안이 교차하던 시기였던 것으로 기억됩니다. 당시에 필자에게는 가정이 있고 아이는 둘이 되었고 막내는 이제 막 첫 돌이 지났을 무렵인데 큰 용기가 필요했습니다.

결국 첫 번째 사직을 결심했고 맨몸으로 세상에 뛰어 들었습니다. 퇴직 후 사업을 하겠다 하니 담당 임원부터 주변에서 걱정하며 말리던 기억이 납니다. 사업은 겉으로는 제법 성공했습니다. 건설회사에서 보고 듣고 경험한 것을 바탕으로 실내건축업을 시작하였는데 매출이 늘고 거래처가 생겼으며 어느 정도 사업의 확장도 이루어졌습니다.

그러나 관리 능력, 자금 운용, 투자와 분배 같은 모든 것이 엉망이었습니다. 되는대로 수주하고 계약하고 그야말로 앞뒤 안 가리고 일을 벌였던 것 같습니다. 결국 감당하지 못할 부동산개발 사업까지 손을 대는 바람에 회사는 순식간에 경영불가능 상태에 이르게 되었습니다.

결과적으로 가족을 큰 위험에 빠뜨렸고 삶은 순식간에 무너졌습니다. 그 시절을 떠올리면 지금도 가슴이 많이 저립니다. 돌이켜보면 모든 실패의 원인은 경험의 부족이 아니라 '내면의 준비 부족'이었던 것 같습니다.

당시의 제 안에는 성숙함과 노련함 그리고 무엇보다 진지함이 없었습니다. 지금은 지인들과 얘기를 나누며 그 시절의 저를 표현할 때 햇병아리 시절이었다고 말하곤 합니다. 결국은 아쉽게도 짧지 않은 시간을 허비하고 다시 직장으로 돌아오게 되었습니다. 지금 돌이켜 보면 그때의 선택은 자존심이 아니라 가족을 지키기 위한 책임의 문제였습니다.

그러나 그 댓가로 가족과 10년 가까운 시간을 떨어져 지내야 했습니다. 낯선 도시의 아침, 매서운 겨울 바람과 낯선 타국에서의 공포, 가끔 영상통화로 아이들의 목소리를 듣는 그 시간이 제 하루를 보상받는 전부였습니다. 그 시절은 제 인생의 가장 긴 터널이었지만, 그 어둠 속에서도 저의 내면은 조금씩 강함이 쌓여 가고 있었다고 생각합니다.

그렇게 다시 돌아온 조직 속에서 시간을 쌓아 가며 어느덧 이제 '정년'이라는 단어가 눈앞에 다가왔습니다. 하지만 이번에는 상황이 그때와는 전혀 달라졌습니다. 더 이상 도망치듯 회사를 떠나는 것이 아니라 스스로의 의지로 다음을 준비할 수 있었습니다. 현실적인 은퇴를 생각하기 시작한 것은 55세 무렵이었습니다. 그 무렵 저는 마음속으로 결심했습니다.

"이번에는 단단히 준비하자."
"인생의 다음 장은 충동이 아니라 설계로 가자."

그때부터 진정한 5년이라는 시간이 시작되었습니다. 저는 자신을 탐구하고, 삶의 구조를 하나씩 다시 설계하기 시작했습니다. 하루하루가 실험이자 학습이었고, 때로는 후회와 회복이 반복되었습니다. 하지만 그 5년의 과정은 분명히 저를 바꾸어 놓았습니다. 퇴직을 앞둔 지금, 저는 강해졌고 시스템을 조율하는 지휘자가 되어 있습니다. 그동안 준비해 온 것들이 저를 자연스럽게 다음 단계로 인도해 주고 있음을 현실에서 느끼고 있기 때문입니다.

은퇴 준비란 단순히 회사를 잘 떠나는 일이 아닙니다. 그것은 한 인간이 수동적인 자신을 다시 정리하고 삶의 주도권을 능동적으로 되찾는 깊은 과정입니다. 조직과 직장에서의 역할이 사라질지라도 그동안 쌓아 온 다양한 경험과 관계, 그리고 배움은 결코 사라지지 않습니다. 오히려 그것들이 인생 2막의 가장 중요한 자산이 됩니다. 이 책은 그 여정의 깊은 기록입니다.

저는 5년 동안 은퇴를 준비하며, 일과 삶, 그리고 나 자신에 대해 깊이 탐구하고, 하고 싶은 탐욕보다 할 수 있는 욕망을 목표로 준비했습니다. 그 시간 동안 저는 '끝'을 준비한 것이 아니라 '다음'을 설계한 것이었습니다. 은퇴라는 것이 수동적인 삶에서 능동적인 삶으로의 연착륙이 될 수 있도록 준비하는 시간을 보냈다고 할 수 있습니다.

누군가에게는 필자의 이야기가 한 사람의 흔한 회고로 읽힐 수 있겠지만 누군가에게는 자신의 미래를 미리 비춰 보는 거울이 되기를 진심으로 바랍니다. 사람마다 환경도 다르고 속도도, 방향도 다릅니다. 그러나 준비라는 단어만큼은 모든 인생에 공통된 진리라 믿습니다.

이 책을 통해 필자가 경험한 준비 과정이 누군가에게 '자신만의 은퇴를 설계할 용기'를 전할 수 있기를 바랍니다. 이 글은 한 중년의 성장기록이며, 동시에 새로운 출발의 이야기입니다. 끝으로, 이 길을 함께 걸어온 가족들에게 마음 깊이 감사드립니다. 가족의 헌신과 기다림이 없었다면 저는 다시 시작할 수 없었을 것입니다. 또한 준비의 시간 속에서 만난 많은 분들의 조언과 도움, 특히 한결같이 곁에서 응원하고 기도해 준 사람들 덕분에 이 책이 세상 밖으로 나올 수 있었습니다. 그 모든 인연에 진심으로 감사의 마음을 전합니다.

끝으로 오랜 시간을 인내하며 고독한 시간을 보낸 제 자신에게도 깊은 위로를 보냅니다.

# 목차

1장

:

# 생각

. . .

# 스스로를 진실하게 탐구해야 합니다

제가 서문에서 이야기했던 것처럼, 은퇴를 준비하면서 가장 먼저 했던 일은 스스로에 대한 진실한 탐구였습니다. 회사라는 조직 안에서의 수동적인 시간들을 마무리하고 나서도 앞으로의 방향을 스스로 설정해야 한다는 생각 때문이었습니다.

지금에 와서 돌이켜보면 그것은 정말 잘한 선택이었다고 말할 수 있습니다. 그 오랜 과정에서 크게 흔들리지 않고 지속할 수 있었던 가장 큰 원동력은 자신을 냉정하게 바라본 시간, 그리고 스스로에 대한 깊은 탐구가 바탕이 되었기 때문입니다. 많은 분들이 은퇴를 준비하면서 "스스로를 탐구한다는 것이 왜 중요한가요?"라고 묻습니다.

저는 이렇게 답을 할 수 있을 것 같습니다. "어떤 방향을 잡고, 그 방향으로 얼마나 오래 지속할 수 있느냐가 결국 결과의 질을 결정합니다."라고 말입니다. 그러기 위해서는 무엇보다 자기 자신을 분석하고 잘 알아내는 것이 무엇보다 중요합니다. 저는 지금도 강연을 하거나 선후배, 동료들을 만날 때 늘 이렇게 이야기합니다.

"지속이 성장입니다."

이 말은 필자에게 있어서 스스로 브랜딩을 하는 것에도 영향을 많이 미쳤고 지금까지도 필자를 여러 분야에서 대표하는 말이 되었다고 해도 과언이 아닙니다. 어떤 일이든 방향 설정이 잘 되었다면, 꾸준히 이어 가는 힘이 결국 성장이라는 결과를 만듭니다. 하지만 방향이 불분명하면 지속하는 것은 불가능합니다. 자기탐구란 다른 사람이 아닌 본인 스스로가 지속할 수 있는 방향 찾기와도 같습니다. 그래서 자기 탐구는 방향을 잡는 가장 근본적인 출발 점이라고 말씀드리고 싶습니다.

흔히 "작심삼일"이라는 말을 합니다. 저는 이렇게 단정해서 말하고 싶습니다. "작심삼일로는 아무것도 남지 않습니다. 최소한 작심삼년은 해야 변화가 시작됩니다." 그리고 무엇보다 지속은 결심보다 훨씬 중요합니다. 결심은 불씨이고 지속은 불길입니다.

불씨가 꺼지면 다시 켜야 하지만, 불길은 스스로 타오릅니다. 지속할 수 있다면 나아감에 있어서 시너지를 스스로 내기 때문입니다. 그 불길을 만드는 첫 단계가 자기 탐구라고 확신합니다. 저는 스스로를 탐구하기 위해 고민 끝에 종이 두 장을 꺼냈던 적이 있습니다. 하나는

"나는 어떤 사람인가"를 적는 종이이며 다른 하나는 "내가 하고 싶은 일"을 적는 종이였습니다. 처음에는 종이를 채워 내려가면서 저는 적잖이 충격을 받았습니다. "나는 어떤 사람인가"를 적은 종이는 그저 과대 포장된 문장으로 가득했습니다. 누군가에게 잘 보이기 위해 쓴, 꾸며진 나 자신만이 나열돼 있었습니다.

반면에 '하고 싶은 일'을 적은 종이에는 현실과 이상이 뒤섞여 있었습니다. 지금 당장 할 수 있는 일은 손에 꼽을 정도였습니다. 그때 느꼈던 감정은 당황스러움이 아니라 거의 충격에 가까웠습니다. 회사에서 오랫동안 책임 있는 자리에 있었고, 수많은 사람을 이끌며 성과를 냈던 제가 정작 제 자신에 대해서는 아무것도 모른다는 사실을 깨닫는 순간이었기 때문입니다.

오히려 스스로를 과대평가하고 있었다는 사실이 한없는 부끄러움을 던져 주었습니다. 그날 이후, 저는 진심으로 반성했습니다. "나는 누구인가", "나는 무엇을 진심으로 좋아 하는가"와 같은 똑같은 질문을 수없이 반복했습니다.

그 과정은 몹시 불편했지만, 지금 돌아보면 제 인생을 '리셋' 하는 소중한 계기가 되었던 것 같습니다.

그다음 단계는 작은 행동이었습니다. 생각만으로는 자신을 알 수 없기에, 가장 먼저 시작한 것은 독서였습니다. 아주 단순한 방법이었지만, 놀라운 효과가 있었기에 소개해 보고자 합니다. 독서를 시작하면서 처음에는 인터넷 서점에 회원으로 가입하고 눈에 띄는 책의 제목과 목차만 보고 골랐습니다. 건축을 전공하고 오랫동안 건설 분야에서 일해 온 저는 자연스럽게 전원주택을 소개하는 책이나 집 짓기와 부동산 개발과 관련된 책들을 손에 집어 들었습니다. 그것이 저의 독서로 자아 탐구하기의 첫 번째 '웜업'이었습니다.

책을 읽으며 한 가지 무척 흥미로운 사실을 발견하게 되었습니다. 독서량이 많아질수록 제가 선택하는 책의 범위가 점점 좁아지고 있다는 점이었습니다. 인터넷 서점의 알고리즘이 제 독서 성향을 파악해 유사한 분야의 책을 계속 추천해 주고 있었던 것입니다. 처음에는 단순히 시스템의 편리함으로만 여겼지만, 곧 깨달았습니다. 이것이 바로 제가 어떤 사람인지, 무엇에 관심이 있는지를 보여 주는 '데이터 기반의 자기 탐구'라는 사실을 말입니다.

제가 독자들에게 책을 구매할 때 오프라인 서점보다는 인터넷으로 구매하기를 추천하는 이유이기도 합니다. 우리가 생각하는 것보다 알고리즘은 여러분들을 가족보다, 심지어 배우자나 부모님보다 더 철저하게 알고 있다는 것을 깨닫는 데 그리 오랜 시간이 걸리지 않을 겁니다. 또한 그날 그날의 기분에 따라 손에 잡히는 책이 다를 수 있기 때문에 자신을 탐구하기 위해서는 알고리즘 기반의 온라인 서점을 통해 책을 구입하기를 권합니다.

그때부터 저는 독서를 단순한 지식의 축적과 간접 경험을 하는 것뿐이 아니라, '자신을 들여다보는 창'으로, '자신을 탐구하는 중요한 도구'로 생각하게 되었습니다. 책 속의 문장들이 제 안의 생각과, 고집스러움들과 수시로 부딪히면서 스스로 어떤 가치관을 갖게 되고, 어떤 주제에 공감하며, 어떤 상황에서 마음이 움직이며 심장의 박동수가 빨라지는지를 구체적으로 알게 되었습니다.

그것이 자기 탐구의 핵심입니다. 자신의 반응을 관찰하고, 그 반응을 인정하는 일, 그 단순한 과정들을 경험하면서 목표와 방향을 정하는 가장 중요한 나침반이 됩니다. 독서를 꾸준히 하다 보면, 또 하나의 효과를 경험하게 되는데, 반드시 자신에 대한 '불신과 회의'의 벽을 만나게 된다는 점입니다.

"내가 지금 가는 길이 맞을까?"
"이런 노력이 무슨 의미가 있을까?"

그럴 때마다 책은 제게 새로운 에너지를 주었습니다. 저보다 먼저 그 길을 걸었던 사람들이 남긴 작은 흔적들 속에서 그리고 그들이 느껐던 수많은 고뇌 속에서 저는 용기와 위로를 얻었습니다. 어떤 책은 제 마음을 다잡아 주었고 어떤 문장은 며칠 동안 제 생각을 멈추게 했습니다. 그런 시간들이 켜켜이 쌓이며 저는 조금씩 더 단단해지고 있음을 느끼고 스스로에게 위로와 응원을 보내곤 했습니다.

스스로를 탐구하는 또 하나의 제가 경험했던 방법은 자신의 성향을 있는 그대로 인정하는 것입니다. 저는 자기 분석을 통해 제 성격이 꽤 독선적이고 승부욕이 강하며, 남을 쉽게 인정하지 않으면서도 분석과 문제 해결에는 제법 뛰어난 편이라는 결론을 내리게 되었습니다. 어쩌면 인정하기 싫은 솔직한 자신을 발견하게 된 순간이기도 합니다.

한때 저는 이런 성향이라면 법조인이 되었어도 잘 맞았을 거라고 생각했습니다. 물론 이제 와서 직업을 바꿀 수는 없지만, 그 기질은 지금의 비즈니스와, 일에도 자연스럽게 녹아 있습니다. 법무적 사고, 논리적 판단, 리스크 분석과 해결 방법, 시스템 설계 등, 이 모든 것은 결국 저의 본래 성향에서 비롯된 것임을 깨닫게 되었습니다.

사람의 타고난 성향은 쉽게 변하지 않습니다. 그렇기에 그것을 억누르고 변화시키려 하는 것보다 온전하게 인정하고, 그 안에서 자신에게 맞는 방향을 찾아야 합니다. 그런 과정 이야말로 가장 현실적이고 지속 가능한 자기 탐구라고 생각합니다. 결국 독서와 자기 분석을 통해 은퇴 이후의 직업과 삶의 방향을 결정할 수 있었습니다. 그것은 인위적으로 만들어지고 어느 시점에 불현듯 결심한 것이 아니라 오랜 시간 쌓인 자기 탐구의 결과였습니다.

"나는 어떤 일을 할 때 가장 즐거운가?"
"무엇을 생각할 때 내 안에서 에너지가 솟는가?"

그 답을 찾아가는 과정이 결국 저를 지금의 자리로 이끌었습니다.

여러분들께도 권하고 싶습니다. 조급해하지 말고, 스스로를 탐구하는 시간을 아주 충분히 가지시기 바랍니다. 인생의 다음 방향을 정할 수 있는 영감은 어느 날 갑자기 찾아오지 않습니다. 그것은 자신을 이해하고 그 이해를 바탕으로 한 걸음씩 걸어갈 때 비로소 보이기 시작합니다. 지속가능한 자신의 방향을 탐구해야 하는 이유입니다.

*"왜 지속하지 못하는가?"*
*"억지스러움으로 시작했기 때문이다."*
*"조금 늦더라도 결이 맞는 것을 추구해야*
*지속할 수 있으며 확장할 수 있고 성취할 수 있다."*

. . .

# 자신의 욕망을 탐구해야 합니다

제가 평소 멘토로 삼고 있는 서강대학교 최진석 명예 교수님의 말씀에 따르면 50대나 60대에 들어서서야 "은퇴 이후에는 어떤 삶을 살아야 할까요?"라고 묻는 사람들이 많다고 합니다. 그럴 때 교수님은 미안하지만 "이미 늦었습니다."라고 말한다고 합니다.

그 말의 의미는 단순한 냉소가 아닙니다. 그 나이에 이르기까지 스스로에게 진정한 질문을 하지 않았고, 자신을 탐구하는 시간을 갖지 않았다는 사실에 대한 경고이자 아픈 통찰입니다. 평소에 자신을 부지런히 탐구하지 않은 채 은퇴 시점에 이르러서야 방향을 묻는다면, 그때는 이미 삶이라는 긴 항해를 하는 배의 방향타가 굳어 버린 뒤이기 때문일 겁니다.

끊임없이 자신을 성찰하고 탐구하는 삶은 단순한 자기계발이 아닙니다. 그것은 욕망을 찾아가는 일이며, 야망을 설계하는 일입니다. 스스로를 탐구하는 사람은 에너지를 잃지 않습니다. 왜냐하면 자신의 내면에서 살아 움직이는 삶의 욕망들이 에너지를 새로이 만들어 내는 동기가 되기 때문입니다.

새로이 지속해서 만들어지는 욕망의 에너지는 지치지 않는 힘이 되어 고독한 노력을 지속할 수 있게 하고 짧기만 한 인생의 길 위에서 스스로를 주인공으로 만드는 원동력이 됩니다. 그러한 과정은 결국 자신을 위대하고 명예롭게 만들어 주며 높은 지위보다, 더 깊은 품격으로 이끌어 줄 것이며 무엇보다 피폐하지 않은 은퇴 이후의 삶과 안정된 어른으로 살아갈 노년을 만들어 줄 것이 확실하기 때문입니다.

필자는 인생의 중반부에서 그와 같은 탐구의 필요성을 절실히 깨달았습니다. 30대 후반에 큰 실패를 경험했고, 그 후 40대 후반까지 약 10년 동안의 시간에 가족을 위험에서 다시 구하고 삶의 기반을 되찾는 데에만 온 힘을 쏟았던 것 같습니다. 그 시기는 제 인생에서 가장 길고 어두운 터널이었지만 저는 지금도 가끔은 스스로를 길고 어두운 터널 속에 일부러 넣어 두기도 합니다.

그 시절은 저를 가장 단단하게 만들어 준 시간으로 남아 있어서 가끔 매너리즘, 번 아웃이 찾아오면 스스로 그 시간과 그 곳에서의 기억을 떠올리면서 성찰의 시간을 갖는 것이 좋은 영향을 미치기 때문입니다. 50대에 들어서면서 저는 다시 스스로에게 질문하기 시작했습니다.

"이제 남은 인생을 어떻게 살아갈 것인가?"

"앞으로도 30년이라는 시간이 남아 있다는데 준비는 되어 있는 것인가?"

그때부터 저는 지나칠 만큼 자신을 탐구하는 시간에 몰입했습니다. 매일 스스로에게 질문을 던지고 그 답을 찾기 위해서 읽고, 쓰고, 수정하고 정리했습니다. 자신에게 가장 적합한 준비를 하기 위해, 돌이켜 보면 정말 긴 터널을 걸어온 것 같습니다. 때로는 칠흑 같은 어둠 속을 걸었고, 그 누구도 결코 위안이 되지 않았습니다. 표현할 수 없는 외로움과 고독은 늘 벼랑 끝에 서 있는 듯 초조하고 위험했습니다.

제 안에서의 위험과, 고통과 박약함 같은 것들은 정신과 육체로부터 한 걸음도 밖으로 나가지 못하였습니다. 아마 그 이유는 누구도 알아주지 못할 그것들을 밖으로 내보내기 싫어서 그랬던 것 같습니다. 가끔은 주먹을 불끈 쥐며 '괜찮다', '잘하고 있다.'며 스스로를 격려하던 순간들도 있었습니다. 그 고요하고도 외로운 시간들이 쌓여 지금의 견고한 저를 만들어 준 것이라고 확신하고 있습니다.

특히 지난 5년은 제 인생의 모든 시간을 돌이켜 보아도 가장 스스로에게 몰입했던 시기였습니다. 앞으로의 20년을 어떻게 보낼 것인지에 대한 로드맵을 세우기 위해 모든 에너지를 쏟아부었던 시기로 기억됩니다. 그 결과 저는 흔들리지 않는 계획을 세우고, 그 계획을 꾸준히 지속하며 실행할 수 있는 내적 에너지를 얻게 되었습니다.

지금은 어지간한 이슈나 리스크에는 크게 동요되지 않는 멘탈을 지니게 되었다고 자부할 수 있습니다. 지금의 회사 설립과 경영 또한 그 기반 위에서 가능했습니다. 단지 경제적 성과만이 아니라, 저 스스로의 방향과 철학이 명확해졌기에 확고한 신념을 갖고 실행에 옮길 수 있었다고 생각합니다. 지금은 많은 대중 앞에서 확신과 신념을 가지고 필자가 경험한 과정, 그리고 결과와 미래까지 이야기할 수 있게 되었습니다.

그 신념은 지금 제 삶의 지표이자, 다른 사람들에게도 작은 길잡이가 되어 주고 있습니다. 특히 은퇴를 앞두고 있거나 이미 은퇴한 많은 동료와 선후배들에게 최소한의 경제적 자유를 확보할 수 있는 시스템을 제공해 주고 있다고 할 수 있습니다. 모든 면에서 경제적 능력은 가장 중요한 문제인 것은 분명합니다.

물론 필자는 직장을 다니던 시절, 본업에서도 관리자로 책임을 다했고, 조직에서 그랜드슬램을 달성할 정도의 많은 성과를 내기도 하였습니다. 그 성과들은 제 커리어의 중요한 부분으로 여전히 남아 있지만 그것들이 결국은 역설적으로 스스로에게 더 많은 질문을 하게 된 동기가 된 것도 사실입니다. 진정한 성취는 외부의 평가가 아니라 내면의 탐구로부터 시작된다는 것을 이제는 분명히 말할 수 있습니다.

오늘은 오랜 친구 두 사람이 지리산 종주를 떠났다는 소식을 전해 들었습니다. 그 소식이 이상하게도 제 마음에 남았습니다. 그들은 자신에게 주어진 시간을 풍요롭게 사용하고 있었고 저는 이 시간에 책상에 앉아 원고를 쓰고 강의자료를 작성하고 있었습니다. 누구나 자신에게 풍요로움을 주는 일을 하면 그만입니다. 어떤 이는 산을 오르고, 어떤 이는 글을 쓰고, 어떤 이는 사람을 만나며 시간을 보냅니다. 중요한 것은 그 선택이 스스로의 의지로 이루어진 것이냐는 점입니다.

결국 삶을 풍요롭게 만드는 것은 돈이나 지위 같은 것이 아니라 자신을 진실되게 탐구하며 사는 습관입니다. 자신의 욕망을 탐구하는 사람은 방향을 잃지 않고 그 길 위에서 에너지를 얻습니다. 그 과정은 고독하지만, 결코 외롭지 않습니다. 왜냐하면 그 길에는 언제나 자신이 함께 있기 때문입니다.

지리산 종주를 마친 친구들과 멀지 않은 시간 안에 소주 한잔 기울일 날을 떠올려 봅니다. 그들의 땀방울과 제 원고가 다르지 않다고 느

껍니다. 모두 자신을 탐구하는 과정이자 삶을 깊이 있게 살아가려는
또 하나의 방식일 테니 말입니다.

"늘 밤을 새웠던 그 힘듦의 나도 옳다."

. . .

# 거대담론보다 소소한 실행

우리는 종종 미래를 이야기할 때 정치·경제·사회와 같은 거대 담론
으로부터 출발합니다. 넓고 얕게, 그리고 대체로 주관적인 시각에서
세상을 논하는 것이 일반적입니다. 가끔 동창회나 지인 모임에 나가
보면 나라걱정, 세상걱정 심지어는 인류의 운명까지 염려하는 사람들
을 흔히 만납니다. 참으로 통찰력 있고 똑똑한 사람들이 생각보다 많
습니다.

그런데 이상하게도 정작 자기 자신의 미래에 대해서는 놀라울 만큼
무심하기도 한 것을 어렵지 않게 발견합니다. 정치나 경제, 사회 전반
의 문제에 대해 깊은 통찰을 보이면서도 자신의 은퇴 이후 삶에 대한
구체적인 계획을 묻는 질문에는 대답을 머뭇거리는 경우가 많습니다.

은퇴를 5년 이상 남겨 둔 사람들은 아직 여유가 있다며 미루고, 정작
은퇴를 눈앞에 둔 사람들조차도 '조금 쉬었다가 생각해 보자'며 준비의

시작을 유예하곤 합니다. 이때의 안일함은 어쩌면 생각하는 것보다 훨씬 더 많이 위험할 수도 있습니다.

앉아서 쉬다 보면, 곧 눕게 됩니다. 그때가 되면 남아 있던 마지막 총기와 열정도 서서히 사라집니다. 그렇게 은퇴 후 몇 년이 흐르면, 한때 뜨거웠던 사람도 이내 식은 재처럼 남게 될지도 모릅니다.

물론 충분히 이해할 수 있습니다. 우리 세대는 오랜 시간 가족을 위해 자신을 희생하며 살아왔습니다. 억눌렀던 욕망을 뒤로하고, 매일매일을 버텨 내며 책임을 다했습니다. '할 만큼 했다.'는 말에는 그런 삶의 커다란 무게가 담겨 있습니다. 하지만 지금 시대의 삶은 단순하게 끝나지 않기 때문에 저는 그것을 이렇게 표현하고 싶습니다.

"인생은 세 번의 30년으로 구성되어 있다."
"배우고 익히는 30년, 치열하게 부딪히며 가족을 부양하는 30년, 그리고 그 모든 것을 자양분 삼아 진정한 자신으로 살아가는 마지막 30년."

지금 우리는 비로소 세 번째 30년, 가장 자기답고 자유로운 시기를 맞이해야 할 때인 것 같습니다. 이 시간은 후회나 회한의 시기가 아니라, 새로운 가능성이 피어나는 시기입니다. 아직 홀가분하지는 않지만 진정 의미 있는 시간으로의 출발일 것입니다. 그렇기에 은퇴는 끝이 아니라 또 한 번의 시작입니다.

누군가는 25세에 CEO가 되어 50세에 생을 마쳤고, 또 다른 누군가는 50세에 CEO가 되어 90세까지 살았습니다. 미국의 오바마 대통령은 55세에 은퇴했고, 트럼프 대통령은 70세에 새로운 길을 시작했습니다.

세상에는 정해진 시간표 같은 건 없습니다. 모든 사람은 각자의 리듬과 자기만의 속도로 살아갑니다. 그렇다면 50세나 60세에 은퇴했다고 해서 "이제 다 했다."고 말할 수 있을까요? 침대에서 쉬거나 평소 그리던 취미 생활로 시간을 보내야 하는 걸까요? 적어도 필자는 그렇지 않다고 생각합니다. 그때부터 진짜 자신의 시간이며, 삶의 능동적인 주도권을 되찾는 시간입니다.

저는 사회적으로 운이 좋아 60세에 조직과 회사를 떠났지만 제 스스로의 진정한 은퇴 목표는 80세로 정했습니다. 앞으로 주어진 20년은 인생 전체에서 가장 창조적이고도 자유로운 시기가 되도록 만들어 갈 계획입니다. 그 시간 동안 저는 제 나름의 버킷 리스트들을 실현하며 조금은 느리지만 확실한 성과를 만들어 갈 계획입니다. 이제까지 살아온 방식과는 전혀 다른 방식으로 살아 보고자 합니다. 더 이상 거대한 계획이나 화려한 구호에 매달리지 않고 소소하지만 확실한 실행을 통해, 후회 없는 결과들로 채워야 한다고 생각합니다.

거대담론은 듣기에는 그럴 듯하지만, 실제로는 수시로 방향을 잃게 만들 때가 많습니다. 손에 잡히지 않는 신기루 같은 상황을 마주하게 될 수 있습니다. 반면 작은 실행은 손에 잘 잡히고, 작은 결과들이 오히려 하루의 큰 의미를 만들어 주기도 합니다.

커다란 꿈도 결국 작은 실행의 누적입니다. 한 걸음 한 걸음 쌓여 올라갈 때, 비로소 큰 방향이 생기고 스스로 견고해지며 지속할 수 있게 됩니다. 저는 그것을 '소소한 성과의 힘'이라고 부릅니다. 큰 목표는 때로 사람을 지치게 하지만 소소한 성과는 사람을 움직이게 합니다. 그 성과들이 한 켜 한 켜 쌓일 때마다, 그 자체만으로도 다음 단계를 향한 강렬한 에너지가 될 수 있습니다.

저는 지금, 80세 은퇴를 목표로 한, 인생 2막의 출발선 위에 서 있습니다. 그 여정의 첫걸음은 거창하지 않으며, 아주 작은 실행들, 이를테면 하루의 루틴을 정비하고, 책을 한 권 더 읽고, 새로운 사람을 만나고, 조금 더 걷는 일에서 시작합니다. 스스로가 주도권을 갖는 삶과 시간들을 설계하는 방향을 지속하기로 했습니다. 그렇게 쌓이는 소소한 행동들이 결국은 인생을 변화시키는 거대한 힘이 된다고 믿고 있습니다. 거대 담론보다 소소한 실행이 더 위대할 수 있는 이유가 바로 여기에 있습니다.

*"소소한 실행이 나를 견고하게 만든다."*

. . .

# 자기만의 의지로 시간을 구성해야 합니다

우리가 직장이라는 안정되고 보호되는 울타리 안에 있을 때는 아침에 눈을 뜨는 순간부터 잠들기 전까지의 대부분의 시간을 자신의 의지로 통제하지 못한 채 살아갑니다.

업무일정, 회의, 보고, 상사의 지시, 조직의 목표와 책임 등 하루의 대부분은 타인과의 관계들 속에서 주어지는 환경에 의해 이미 정해져 있다고 봐도 무방할 것입니다. 그 안에서는 '스스로 시간을 구성한다'는 개념이 거의 존재할 수 없다는 것도 현실입니다.

그러나 은퇴를 한 이후에는 상황이 완전히 달라집니다. 더 이상 직장이나 조직의 일원으로 움직이는 일이 없기 때문에 시간의 구조를 스스로 설계해야 합니다. 아침의 시작과 하루의 흐름, 저녁의 마무리까지 이제는 모두 자신이 만들어 내야 하는 시간들이 됩니다. 이 변화는 단순한 생활 습관의 문제가 아니라, 삶의 질을 결정짓는 근본적인 중요한 과제입니다.

필자는 은퇴를 준비하면서 "시간을 어떻게 설계할 것인가?" 에 대해 오랫동안 숙고하고 번민했습니다. 단순히 계획을 세우는 것이 아니라 스스로의 의지로 하루를 설계하고 그 결과를 검증하는 일이었습니다. 이 부분을 소홀히 하면 은퇴 후 삶은 너무 쉽게 무너지게 될 것이었기 때문입니다.

은퇴나 퇴직을 하게 되면 처음에는 모든 것이 신선하고 자유롭게 시작되는 것처럼 느껴질 수도 있습니다. 오랜 조직 생활의 굴레에서 벗어나 누구의 간섭도 받지 않는다는 해방감에 취하게 될지도 모릅니다. 하지만 어느 정도의 시간이 지나면 그 자유롭고 편안함이 공허함으로 변하는 것을 느끼게 될 수도 있습니다.

"나는 지금 제대로 살고 있는 걸까?"
"이렇게 보내도 괜찮은 걸까?"

이런 질문들이 스스로를 흔들기 시작합니다. 필자의 경험으로는 은퇴 후의 삶에서 가장 위험한 순간은 바로 그때라고 말하고 싶습니다. 계획이 없고, 시스템이 없는 자유는 결국 방황이 됩니다. 이러한 현실들을 저는 앞서 은퇴한 많은 선배들과 지인들을 통해서 직간접적으로 보고 느끼게 되었습니다. 그래서 은퇴를 준비하는 과정에서 계획을 아주 작고 촘촘하게 세우기로 했습니다. 크고 화려한 목표보다는 작지만 지속적으로 도달 가능한 계획으로 하루를 채워 가는 것입니다. 작은 목표를 꾸준히 이루는 일, 그것이 곧 지속가능한 성장의 시작이었습니다.

"계획은 크게 세우되, 실행은 작게 하라."

필자가 스스로에게 매일같이 주문하는 말이지만 저는 이 말을 오랫동안 기억하고 지금도 꾸준하게 지키고 있습니다. 큰 목표는 방향을 주지만 작은 계획과 실행은 항상 자신감을 줍니다. 하루의 작은 결과가 쌓이면 그것이 바로 큰 성취로 이어집니다. 스스로 세운 계획에 대해 누군가에게 말할 필요는 없습니다. 묵묵히, 자신과의 약속을 지켜가면 됩니다.

그렇게 작은 '도달'의 경험이 쌓일 때 문득 뒤돌아보면 놀랄 만큼 먼 길을 걸어온 자신을 발견하게 될 것입니다. 그 순간 느껴지는 자부심과 평안함은 회사라는 조직에서 느꼈던 수동적인 삶에서의 성취감과는 전혀 다른 종류의 감정이며 위안입니다.

필자 역시 처음에는 계획을 복잡하고 다양하며 거대하게 세웠던 기억이 있습니다. 한눈에 보기에도 거창하고, 그럴 듯해 보였습니다. 그렇지만 "잘 만들었다."는 생각은 얼마 가지 않았던 것 같습니다. 현실은 아주 많이 달랐기 때문입니다. 결국 그때 세웠던 화려한 계획들은 며칠 지나지 않아 '그럴싸했던 계획'으로만 남았습니다.

그 이후부터는 계획의 주기를 줄여 나갔습니다. 하루 혹은 일주일 단위로만 계획을 세워 나가기 시작했습니다. 이 정도의 단위가 필자에게는 가장 현실적이고, 집중력을 유지하며 실행 가능한 정도였던 것 같습니다. 지금 1년, 3년 길게는 5년 정도의 계획을 세울 수 있는 것도 아마 그때의 작은 계획들을 꾸준히 세우고 실행하려고 했던 지속력이 바탕이 된 것이라고 생각합니다.

한 주의 계획을 세우고, 지난주에 이루지 못한 일을 이번 주에 보완하고 실행하면서 조금씩 자신감을 회복했던 것 같습니다. 이러한 과정이 반복되자, 시간이 제 삶의 '도구'가 아니라 소통과 통제가 가능한 '동반자'로 변하기 시작했습니다. 시간을 단순히 통제하는 것이 아니라, 시간과 함께 동행하는 법을 배운 것입니다.

물론 이렇게 살아가는 방식이, 누군가에게는 너무 건조하고 빡빡하게 느껴질 수도 있습니다. 하지만 저는 이제 남은 시간을 생각하면, 무의식적으로 흘려보내는 시간이 너무 아깝다는 생각이 많이 듭니다.

잘 아시겠지만 시간은 생각보다 빠르게 지나가고, 그만큼 우리의 기회도 빠르게 줄어듭니다. 저는 그 시간을 붙잡기 위해, 계획을 세우고, 실천을 이어 가고 있습니다. 이것은 단순히 성취의 문제가 아니라 삶을 정리하고 의미 있게 마무리하기 위한 저만의 방식입니다. 무엇보다 나 자신을 위해서 그렇게 살아야 한다고 생각하고 있습니다.

자신에게 주어진 삶을 후회 없이 마무리하기 위해 자신의 시간을 스스로 설계해야 한다고 생각하고 있습니다. 이 글을 쓰는 지금 이 순간도 저에게는 그 과정의 일부이며, 글을 쓴다는 행위는 과거를 정리하고, 현재를 정돈하며 미래를 준비하는 아주 소중한 일이기 때문입니다. 이 원고를 작성하는 시간 하나하나가 저에게는 무척 소중하게 느껴지고 있습니다. 왜냐하면 이 시간 역시 제가 '스스로 설계한 시간'이기 때문입니다.

*"시간의 유한함을 좀 더 일찍 알아야 했다는 생각을 함."*

. . .

# 절박함을 유지해야 하는 이유

대개의 사람들은 어떤 결심을 하거나 새로운 목표를 세우는 순간에는 대체로 그 마음의 밑바탕에 '절박함'이란 것이 있습니다.

다이어트를 해야 하거나 금연을 한다거나 하는 습관의 개선도 있을 수 있고 자격증을 취득하거나 학위를 받아야 하는 등, 절박함의 종류도 다양하고 개인의 상황에 따라 무수히 많은 간절함이라는 것이 존재합니다. 무언가 달라지고 싶다는 간절함, 이대로 머물 수 없다는 위기감이 우리로 하여금 다양한 변화를 선택하게 만듭니다.

하지만 그 결심이 오래가지 못하는 이유 또한 바로 그 절박함의 강도가 시간이 지날수록 서서히 희미해지기 때문일지도 모릅니다. 처음 그 순간의 열정이 식어 가고 비워지는 작은 틈새들의 자리를 현실의 피로와 타협이 채워지면 결국 애초에 간절했던 마음으로 출발했던 항해는 목적지에 이르기 전에 결국 멈춰 버리고 말 것입니다.

살아오면서 수없이 그런 경험을 했던 것 같습니다. 어느 날 불타오르듯 절박함으로 시작했다가 서서히 그 불씨가 꺼져 가는 과정을 수도 없이 경험했습니다. 그런 시간들은 결국 소중한 시간들을 소모해 버린 과정이 되고 말았습니다. 돌이켜서 생각해 보면, 그때마다 원인은 단 하나였습니다. 결심과 출발의 순간에 느꼈던 절박함의 에너지가 점차 고갈되어 버렸던 것이었습니다.

그래서 저는 어느 순간부터, 그 절박함을 의식적으로 유지하려 노력했습니다. 절박함이란 단순한 감정이 아니라 시간과 삶을 움직이는 근원적인 에너지라는 사실을 알게 되었기 때문입니다. 스스로 이루고 싶은 목표가 있다면 그것을 완성하려는 절박함만큼 소중한 자산은 없다고 생각합니다. 절박함은 '지속함'의 가장 중요한 에너지이며, '지속'은 곧 '성장'의 다른 이름이기 때문입니다. 저는 지금도 하루를 마무리하는 시간이 오면 스스로에게 묻습니다.

"오늘 나는 얼마만큼 절박했는가?"

작은 한 가지의 질문이 마음을 다시 다잡게 해 줍니다. 절박함이 사라진 목표는 언제든 다음으로 미루어질 수 있으며 언젠가 그 미루어지는 것이 익숙해진다면, 우리는 항해를 멈추게 되어 더 이상 앞으로 나아가지 못하게 됩니다. 그래서 저는 절박함을 단련의 대상으로 삼았습니다. 매일 조금씩 스스로를 불편하게 만들고, 조금 더 높은 기준을 세우며 오늘보다 내일을 더 치열하게 살아왔으며 이러한 루틴은 은퇴를 한 지금도 여전히 이어지고 있습니다. 그것이 단순한 근면함과는 다른, 삶의 긴장감이자 자기 경영의 방식이 되었다고 이야기할 수 있습니다.

그래서 저는 스스로를 항상 불편함 속에 놓아 두고 있는지도 모르겠습니다. 절박함은 반드시 고통스럽거나 결코 비장한 모습으로만 존재할 필요가 없습니다. 그것은 때로 '아쉬움'이라는 이름으로, 혹은 '조금 더 잘하고 싶다'는 단순한 감정으로 다가옵니다. 그렇게 찾아드는 감정을 절대 외면하지 말아야 합니다. 그것이 바로 성장하고 싶다는, 지속하고 싶다는 성숙한 자기 통찰의 신호이기 때문입니다.

절박함이 사라진 삶은 정체되고 정체된 삶은 결국 스스로를 잃게 만듭니다. 은퇴 이후의 삶에서는 더욱 그렇다고 생각합니다. 새로운 일을 시작하거나, 새로운 규칙과 습관을 만들거나 그것이 무엇이든 추진력을 주는 것은 바로 절박함에서 비롯되기 때문입니다.

저는 지금 이 순간에도, 내일 아침에도, 그리고 또 한 해의 끝자락에서도, 항상 조금은 아쉬운 마음으로 살아가려 합니다. 그런 아쉬움이 저를 다시 절박함으로 일으켜 세우고, 또 한 걸음 더 나아가게 할 것을 확신하기 때문입니다. 최근 친하게 지내는 지인이 보낸 메시지에 이런 문장이 있었습니다.

"무더운 여름, 어떤 이는 휴양지를 찾고, 어떤 이는 땀 흘리며 일을 한다."

누군가는 휴식을 통해 자신을 충전하고, 누군가는 새로운 일을 통해 보람을 느낍니다. 모두 옳습니다. 사람마다 성향이 다르며, 여건도, 목표도 다르기 마련입니다. 어떤 방식으로든 자신에게 필요한 것을 선택하고 지속하는 것이 아주 중요합니다. 다만 중요한 것은, 그 선택의 내면에 '절박함'이 있느냐 하는 것입니다.

절박함은 단순한 욕망이 아니라, 목표를 향한 다짐을 더욱 진지하게 만들어 주는 원동력입니다. 진진한 욕망의 절박함이 있는 사람은, 어떤 환경에서도 자신이 가야 할 길을 반드시 찾아갑니다.

필자가 성인이 되고, 결혼을 하고, 아이들이 태어나고, 양육을 하는 약 30여 년 정도의 시간 동안 내면의 마음에 가장 중요하게 자리하고 있었던 것은 '책임감'이었던 것으로 기억됩니다. 그런 가운데 한편으로는 인생의 여러 지점에서 늘 갈증처럼 스스로의 삶에 대하여 고뇌하고 절박함을 느껴 왔습니다. 젊은 시절에도, 중년의 시간을 지나 오면서도 그 절박함이 저를 지금의 환경으로 이끌어 왔던 것 같습니다.

은퇴를 하고 60세가 된 지금, 그 절박함은 오히려 더 뚜렷하고 명확해졌습니다. 젊은 날의 절박함이 현실부정과 불안함이었다면 지금의 절박함은 스스로의 진지한 삶에 대한 책임과 사명에 가깝습니다. 삶의 후반부를 살아가며, 제 안에는 여전히 욕망이란 것이 자리 잡고 있습니다. 오히려 지금에 와서 더욱 강렬하고 뚜렷하게 표현되고 있는 것 같습니다.

그렇게 표현되는 욕망은 탐욕에 근거한 세속적인 것이 아니라 '더 나은 나'를 향한 진지한 성찰인 것 같습니다. 어떤 이들은 그것을 지나친 욕심이라 말할지도 모릅니다. 그러나 저는 그렇게 생각하지 않습니다. 절박함은 삶의 온기를 지켜 주고 유지시켜 주는 불씨입니다. 그 불씨가 살아 있는 한 삶은 여전히 현재 진행형입니다.

그래서 오늘도 제 안에 자리하고 있는 욕망과 절박함에 감사하고 있습니다. 그것이 제 인생을 이끌어 온 가장 강력한 동력이었고 은퇴 후 삶을 지탱해 줄 또 하나의 에너지이기 때문입니다.

*"성공을 이루는 토양은 절박함으로 비옥해진다."*

...

# 가족은 중요한 자산입니다

며칠 전 숙부님께서 오랜 지병 끝에 영면하셔서 장례를 치르고 경기도 이천에 새로이 건립된 국립호국원에 모셔 드리고 왔습니다. 숙부님께서는 베트남전쟁 참전용사로서 국가에서 애국자에 대한 예를 다해 주는 모습에 국가가 왜 존재해야 하는지 잠시 생각을 하게 만드는 시간이 되었던 것 같습니다.

장례식을 치르느라 오랜만에 가족과 친지들이 한자리에 모이게 되었습니다. 요즘 사회에서는 가까운 친척이라 해도 예전처럼 자주 왕래하거나 자연스럽게 모이는 일이 많지 않은 것 같습니다. 저희 집안 역시 어른들의 결정으로 몇 년 전부터 조상의 제사를 따로 모시지 않다 보니 누군가의 경조사가 아니면 가족이 한자리에 모일 이유가 거의 없는 것 같습니다.

베이비부머 세대인 우리 세대가 부모를 부양하는 마지막 세대이며 부양받지 못하는 첫 번째 세대가 될 거라는 말이 새삼 와닿기도 합니다. 이번에 숙부님의 상(喪)을 치르며, 그동안 잊고 지냈던 '가족'이라는 단어의 무게를 다시 느껴 본 계기가 된 것 같습니다.

피를 나누었고, 어딘가 정확하게 표현할 수는 없지만 닮아 있기 때문에 오랜만에 마주해도 단번에 가족임을 알아볼 수 있었습니다. 그런 자연스러움 속에서 마치 고향에 돌아온 듯한 편안함이 상을 치르는 며칠간 느껴졌습니다.

세월의 흐름은 가족의 모습을 통해 가장 또렷하게 드러나는 것 같습니다. 부모님 세대가 연로하셔서 한 분씩 떠나시고, 우리 세대가 중심이 되어 장례를 치르고, 그 곁에서 다음 세대가 일을 돕는 모습을 보면 인생의 순환됨이 실감납니다. 이번 장례에서는 특히 그것을 실감하며 많이 느꼈던 것 같습니다.

사람이 나이가 들어 가며 배워야 할 가장 큰 지혜 중 하나는 '유한함의 수용'이라고 생각합니다. 누군가의 죽음을 통해 우리는 삶의 끝을 막연히 상상하는 것이 아니라 그 현실적 질서를 체험하게 됩니다. 그리고 그 체험은 가족이라는 울타리 안에서 서로의 존재를 더 깊이 이해하게 만드는 것 같습니다.

필자 역시 해외 주재근무를 포함해서 10여 년 넘게 객지에서 가족과 떨어져 지냈던 시간이 있었습니다. 그 오랜 시간 동안 가족을 무척이나 그리워했고 때로는 원망하기도 했습니다. 가까이 있을 때는 당연하게 여겼던 가족의 존재가 멀리 떨어져 있을 때 비로소 그리움과 고마움으로 절실하게 다가왔던 것 같습니다. 지금은 그 시절을 굳이 돌이켜 볼 필요가 없지만 그때의 빈자리가 저에게 남긴 것은 '가족은 삶의 역사이자 자산'이라는 깨달음이었습니다. 특히 아이들을 향한 마음이 더욱 그러한 것 같습니다.

인생에서 우리는 수많은 사람을 만나지만 끝까지 남아 주는 사람은 가족뿐입니다. 그 사실을 깨닫는 데 절반의 삶이 필요했던 것 같습니다.

가족은 단순히 유전적 연결만을 의미하지 않습니다. 그것은 시간을 함께한 사람들, 기억을 공유하는 사람들, 그리고 내가 누군가의 삶에 영향을 주고받았던 사람들의 총합이라고 생각 합니다. 그래서 가족은 더욱, 개인의 역사이자 집단의 기억입니다. 가족이야말로 우리가 이 세상을 떠난 뒤에도 이름 없이 남게 될 '시간의 증인'들일 것입니다. 그 증인들이 사라지게 되면 나라는 사람의 흔적도 함께 희미해질 것입니다. 그렇기에 가족은 보존해야 할 삶의 기록이자 유산입니다.

숙부님의 장례를 치르며 저 역시 그분의 삶을 통해 한 세대의 마침표를 보았습니다. 그리고 동시에 우리 세대가 다음 페이지를 잘 써 내려가야 한다는 책임감을 느꼈습니다. 조용히 비 내리는 호국원을 나서며 "이제는 우리가 그 역할을 이어 가야 할 차례구나." 하는 생각이 들었습니다. 그날 이후 저는 가족에게 조금 더 자주 안부를 전하고 조금 더 따뜻한 말을 건네려 노력하고 있습니다. 거창한 일은 아니지만 이러한 작은 마음이 세대를 이어 주는 시작이라 믿습니다.

가족은 때로 불편하고 서로의 다른 생각 때문에 다투기도 합니다. 하지만 세상 그 어디에서도 가족만큼 진심으로 나를 위해 줄 수 있는 존재는 없습니다. 서로의 생애를 함께 기억하고, 아픔과 기쁨을 공유하는 관계, 그것이 바로 가족의 본질입니다. 삶이 바쁘다는 이유로, 일이 많다는 핑계로 가족의 안부를 뒤로 미루어서는 안 됩니다.

결국 우리가 살아가는 이유이자, 삶의 마지막 순간까지 함께할 유일한 자산은 가족입니다. 가족은 재산보다, 명예보다, 무엇보다도 인생의 진정한 자산이라는 사실입니다. 그 자산은 시간이 흐를수록 가치가 높아지고 세대가 바뀌어도 결코 사라지지 않습니다.

이 글을 쓰는 지금 가족들이 떠오릅니다. 멀리 떨어져 있더라도 서로의 안부를 염려하는 그 마음 하나만으로도 세상은 여전히 따뜻하다는 것을 느낍니다. 숙부님의 명복을 빌며 그분이 남기신 시간과 가족의 의미를 가슴에 새겨 봅니다. 가족은 언제나, 우리 삶의 가장 소중한 자산입니다.

"타인은 진심으로 응원해 주지 않는다."

"사실 그만큼의 관심도 없다."

"가족이 중요한 자산인 이유일 것이다."

# 사장의 마음으로 직장을 다녔습니다

필자는 꽤 오랜 세월 동안 직장 생활을 했습니다. 돌이켜 보면 그렇게 긴 시간 동안 마음속에는 늘 한 가지 특별한 생각이 있었습니다.

"나는 이 회사의 사장이다."

이 말은 흔히 말하는 '주인의식'과는 조금 다른 것이라고 말하고 싶습니다. 저에게는 단순한 비유나 자세의 문제가 아니라 삶의 태도이자 생존의 방식이었습니다. 젊은 시절 군에서 제대를 하고 직장 생활을 시작하기전, 작은 사업을 운영하다가 그 당시의 나이로 봐서는 큰 실패를 겪었던 일이 있습니다. 어린 시절부터 아버지의 사업하시는 환경이 영향을 미친 탓인지 늘 사업을 생각해 왔기 때문에 일찍 시작을 하려고 했던 것 같습니다.

그렇게 첫 번째 작은 사업을 실패하고 불안한 생각과 미래를 알 수 없는 마음으로 이력서를 내고 면접을 본 후 직장에 들어가게 되었습니다. 시간이 흐르고 어느 정도 자리를 잡은 뒤, 사직을 하고 한 번 더 사업을 시도했지만 또 한 번 더 큰 실패를 맞았던 적이 있습니다. 그때 제 가족이 큰 위험에 빠졌고 저는 인생의 거칠고 험한 밑바닥을 경험해야 했습니다. 아마 그때의 경험이 제 안에 "언젠가는 다시 사장이 되어야 한다."는 무의식적인 신념 같은 것을 심어 놓았던 것 같습니다.

직장에 들어간 그 이후에도 저는 조직의 한 구성원으로 일하면서 언제나 경영자의 시각으로 회사를 바라보게 되었습니다. 프로젝트가 정해지고 임무를 맡을 때마다 "내가 이 회사를 운영한다면 어떻게, 어떤 방식으로 결과를 만들어 낼까?"라는 질문을 스스로에게 수없이 던졌습니다.

기억하기에 그런 이유였는지 정확히 알 수 없지만 회사의 일을 늘 내 일처럼 몰입했습니다. 그로 인해 성과를 내는 과정에서 저는 자연스럽게 프로젝트의 책임자이자 리더로 성장할 수 있었습니다. 그 시기의 성취는 단순한 개인의 결과가 아니라, 조직 전체의 성과로 이어졌습니다. 하지만 어느 순간, 문득 이런 생각이 들었습니다.

"이 길의 끝은 어디일까?"

조직에서 성장을 하는 사람이 도달할 수 있는 마지막 지점은 임원이 되어 경영에 참여하고, 사회적으로 인정받고, 경제적 안정에 이르는 정도일 것입니다. 그 이상은 없을 것 같았습니다. 사실 그렇게 되는 것도 1% 남짓일 텐데 말입니다. 하지만 눈에 보이는 미래는 저에게는 흥미가 없었던 것 같았습니다.

그런 생각이 머릿속을 수시로 맴돌던 시기, 저는 약 1년 정도 깊은 혼란과 공허함 속에 있었습니다. 그 끝에서 내린 결론은 분명했습니다.

"다시 한 번 사장이 되어야 한다."

그때 저는 한 가지 원칙을 세웠습니다. "생각은 계획을 만들고, 계획은 실행을 이루며, 실행은 성과를 만든다." 이 간단한 문장은 지금도 제 삶을 움직이는 명확한 원리입니다. 이 같은 생각을 정하고 나니 과거의 크고 작은 실패들은 제게 있어 모두 값진 자산으로 변하기 시작했습니다. 그 시절의 실패들 덕분에 무언가 생각을 할 때는 더욱 신중해졌고 계획을 세울 때는 지속 가능한 실행을 항상 염두에 두게 되었으며, 실행에 있어서는 끝까지 버틸 수 있는 체력을 기를 수 있었습니다.

그 결과 지금의 많은 연구와 경영도 흔들림 없이 이어지고 있다고 생각합니다. 저는 이 경험을 바탕으로 많은 사람들에게 '생각-계획-실행-성과'의 순환 구조를 이야기하고 있습니다. 이와 같은 네 가지의 단계를 일관되게 유지하는 힘, 그것이 바로 사장의 마음이며, 진정한 주인의 의식이고 결국 스스로의 삶을 주도하는 중요한 방식이라고 강조하고 싶습니다.

그렇지만 한편으로 저는 늘 이렇게 말합니다. "은퇴 이후 비로소 사장이 되겠다는 생각은 위험합니다. 은퇴 전에 이미 사장의 마음으로 살아야 합니다." 저는 은퇴 후 창업에 실패한 수많은 사례를 보았습니다. 저의 지인이 알고 있는 한 부부는 남편의 퇴직금 전부를 투자해 오랜 준비와 숙고 끝에 '피자 프랜차이즈' 가게를 열었습니다. 그러나 불과 2년 만에 가게는 적자에 허덕였고, 부부는 생계를 유지하기 위해 교대로 배달 아르바이트를 해야 했습니다.

퇴직금은 순식간에 사라졌고 생활은 퇴직 전보다 더 힘들어졌습니다. 가게 한쪽에 힘없이 앉아 있는 아내와 전화만을 바라보고 있는 자신의 암울함은 말로 표현할 수 없을 정도일 것입니다. 참으로 가슴 아픈 일이 아닐 수 없습니다.

그분들의 실패는 결코 준비 부족 때문만이 아닙니다. '사장의 마음'이 아닌 '사장의 역할'만 흉내 낸 결과일지 모르겠습니다. 우리는 은퇴 즈음에 이르게 되면 이미 체력적으로도, 에너지도, 그리고 회복력도 부족합니다. 그런 상태에서 거대한 시장과 경쟁 속으로 뛰어드는 것은 현실적으로 위험하기 짝이 없는 선택이 될 수 있습니다. '퇴직 후 사장'이라는 직함은 그럴듯하지만 준비되지 않은 사장은 가장 먼저 쓰러지는 법입니다. 어쩌면 가장 손쉬운 길을 찾는 사람들에게 다가오는 어둠의 그림자 같은 유혹이 아니었을까 생각됩니다.

얼마 전 뉴스를 보니 60세 이상 인구 약 300만 명이 생계 유지를 위해 '비정규직 노동'을 이어 가고 있다고 합니다. 그 수치가 주는 현실감은 참담했습니다. 기사 속의 수많은 이들과 달리 저는 미리 준비할 수 있는 시간과 의지를 가졌다는 사실이 얼마나 큰 다행인지 새삼 느끼며 스스로에게 감사하다는 생각을 하곤 합니다. 그래서 저는 지금도 스스로에게 다짐합니다.

"나는 오늘도 사장이다."

이 마음을 잃지 않는 한, 저는 어떤 환경과 위치에서도 주도적으로 살아갈 수 있을 것입니다. 지금 이 글을 읽고 계신 분들께도 말씀드리고 싶습니다. 직장에서 보내는 오늘 하루가, 은퇴 후 삶의 연습이 되어야 합니다. 조직 안에서 지금 현재 맡고 있는 일이라도 사장의 눈으로 보고, 사장의 책임으로 생각해 보시기 바랍니다.

그렇게 하루를 살아간다면 은퇴 후 새로운 삶의 준비는 이미 시작된 것입니다. 사장의 자리에 앉는 것이 중요한 것이 아니라, 사장의 마음으로 살아가는 것이 중요합니다. 오늘부터, 지금 이 순간부터, "나는 사장이다."라는 마음으로 생각하고, 계획하고, 실행하시기 바랍니다. 그 한마디가 당신의 내일을 완전히 바꿔 놓을지도 모릅니다.

*"나는 내 삶이라는 회사의 사장이다."*

## 해낼 수 있는 것들이 줄어드는 시기

독자분들이 머지않아 은퇴를 앞두고 있다면, 이제 계획하고 준비해야 한다면, 가장 먼저 구분해야 할 것이 한 가지 있습니다. '하고 싶은 일과 해낼 수 있는 일'의 차이를 구분해야 한다는 것입니다.

나이가 들수록, 혹은 인생의 어느 시점에 이르면 자연스럽게 '현실적으로 할 수 있는 일'의 범위가 좁아지는 시기가 찾아옵니다. 에너지는 줄어들고, 새로운 트렌드를 받아들이는 속도는 느려집니다. 몸이 예전같지 않다는 사실을 부정할 수도 없습니다.

하지만 이것은 지극히 자연스러운 것이라 전혀 걱정할 일이 아닙니다. 오히려 이 시기에는 "무엇을 포기할 것인가"를 명확히 결정해야 하는 시기이기도 합니다. 하고 싶은 일을 무작정 좇다 보면 결국 지속하지 못하고 시간과 에너지를 낭비하게 됩니다. 필자는 그런 경우를 수도 없이 보았으며 제 자신도 그런 경험을 많이 했습니다.

그래서 저는 자신의 에너지 수준과 한계를 인식하는 훈련이 무엇보다 중요하다고 생각합니다. 그 훈련은 자기 반성과 성찰이 아니라 '지속 가능한 삶'의 설계를 위한 현실에 대한 진지한 인식입니다. 작은 성취를 반복하며 꾸준한 루틴을 만들어 가다 보면 많은 에너지를 쓰지 않아도 일정한 성과를 낼 수 있습니다. 이것이 바로 '효율적 집중'입니다.

저 역시 젊은 시절에는 수많은 일에 도전하고 탐구하며 잠시도 쉬지 않고 달렸습니다. 그러나 지금은 선택과 집중의 중요성을 절실히 깨닫고 있습니다. 이제는 모든 가능성을 탐색하기보다 스스로가 '지속할 수 있는 일'에만 집중하는 편입니다.

그것으로 인한 결과를 보면 크지 않지만 꾸준한 성과들이 쌓였고 그 경험들이 모여 새로운 비즈니스와 사람을 연결하는 기반이 되었습니다. 이것이 바로 은퇴 시점을 맞이한 나만의 새로운 '자기다움'을 만드는 과정이었던 같습니다.

처음에는 아주 작은 경험들이었습니다. 그러나 그 경험을 바탕으로 전략을 다시 세우고, 창의적인 활동으로 발전시키자 다양한 접점이 만들어지고 비즈니스로 이어질 수 있었습니다. 저는 그것을 '내 능력 안의 새로운 질서 정립'이라고 표현하고 싶습니다. 한때는 무수히 많은 가능성 속에서 흔들렸지만, 이제는 그중 일부만 남기고 진정 스스로 해낼 수 있는 일에 집중할 수 있게 되었습니다.

이 과정에서 생긴 또 하나의 변화는 '시선'입니다. 어느 순간부터 저는 마치 음모론자(?)처럼 현상의 이면을 보려는 습관이 생겼습니다. 사람들이 당연하게 받아들이는 것들 속에서 그 이면의 구조를 파악하고 싶었습니다. 이러한 시선은 새로운 관점과 전략을 만들어 내는 데 큰 도움이 되었던 것 같습니다. "저 방법밖에는 없는 걸까?", "다른 문제는 없는 건지, 문제가 발생한다면 해결할 수 있는 도구는 존재하는가"와 같은 질문들을 자신에게 하곤 했습니다.

아마도 이러한 태도가, 누군가에게는 다소 특이하게 보였을지도 모릅니다. 하지만 그 덕분에 저는 지금의 비즈니스와 네트워크를 유지할 수 있었고, 스스로를 낡지 않게 유지할 수 있었습니다. 그리고 무엇보다 실패 확률을 상당 부분 줄여 나갈 수 있게 된 도구가 되었습니다. 성공보다 중요한 것은 실패하지 않는 것이라 생각합니다. 특히 은퇴 시점에 이르러서는 더욱 그렇습니다.

최근 들어서는 '하고 싶은 것'과 '해낼 수 있는 것'을 거의 완벽하게 분리해 내는 능력이 생긴 것 같습니다. 이것은 나이와 경험이 주는 선물 같은 것이라고 말할 수 있을 것 같습니다. 하지만 해낼 수 있는 것들을 찾아보면 그리 많지 않다는 점은 한편으로 아쉬운 부분이기도 합니다. 인정해야 할 일입니다.

여전히 주변에서는 저에게 그들의 새로운 일을 함께 하자거나 다양한 관계를 연결해 주려는 제안이 들어옵니다. 예전 같았으면 즉시 수락했을지도 모릅니다. 그러나 지금은 과거와는 달리 신중히 판단하고 때로는 정중히 거절할 줄도 알게 되었습니다. 이제는 "내가 정말 해낼 수 있는 일인가?"라는 한 문장이 모든 판단의 기준이 됩니다.

우리는 누구나 나이가 들수록 선택할 수 있는 폭이 줄어든다고 생각하지만, 사실 그것은 '한계'가 아니라 '정제의 과정'입니다. 덜어내고, 남기고, 집중하는 과정 속에서 비로소 자기만의 색깔이 드러납니다. 지금 이 시기에 가장 필요한 것은 무모한 열정이 아니라 지속 가능한 현실 감각입니다. 그리고 그것이 바로 은퇴 이후 삶의 균형을 유지하는 핵심입니다.

이제는 스스로 '하고 싶은 것'과 '해낼 수 있는 것'을 구분할 줄 알도록 자신을 탐구하고 분석해야 하며 이러한 과정들이 실패를 하지 않는 중요한 습관이 될 것입니다. 해낼 수 있는 것들에 집중할 때입니다. 그 집중이야 말로 위험을 통제하고 시간을 주도하는 가장 현명한 전략입니다.

"시간은 유한하기 때문에 가지치기에 부지런해야 한다."

"할 수 있는 것에 집중해야 하는 이유이다."

2장

:

# 준비

### ...
# 은퇴는 이력의 끝이 아닙니다

사람마다 시기와 형태는 다르겠지만, 직장 생활을 마치고 다양한 형태의 퇴직을 한다는 것은 결코 이력의 끝이 아닙니다. 그것은 단지 한 과정이 정리되어 마무리되고 새로운 과정이 시작되는 전환점일 뿐입니다. 돌이켜 보면 우리는 유아기, 청소년기, 성인으로의 출발, 그리고 사회 생활 등 많은 단계의 과정을 시작하고 정리하고 끝내고 새로운 단계에서 출발하는 반복을 해 왔는지 모릅니다.

현대 사회에서는 더욱, 직장에서의 은퇴라는 것이 물리적으로도 사회적으로도 이력의 끝이 될 수 없습니다. 지금 퇴직을 앞두고 있거나 이미 퇴직을 맞이한 모든 분들께 진심을 담아 말씀드리고 싶습니다.

"당신의 인생은 운명처럼 여전히 진행 중입니다."

먼저, 그동안의 노고와 헌신에 깊은 존경의 마음을 보냅니다. 수십 년 간의 조직 생활은 단순히 '직업의 여정'이 아니라 가족을 위한 희생의 역사이자 책임의 기록이며 한 사람의 생애 전체를 이룬 헌신의 기록이기도 합니다. 그 길을 끝까지 걸어 낸 여러분은 이미 충분히 의미 있는 삶을 살아오셨습니다.

이제는 잠시 멈추어 설 자격이 있습니다. 가족들과 좋은 식당에서 식사도 하고 그동안 미루어 왔던 여행을 계획해 보시기 바랍니다. 이 시기는 '정리'가 아니라 '회복'의 시기가 되어야 한다고 말씀드리고 싶습니다. 필자의 경우에는 가족들과 좋은 식당에 가서 식사를 하는 시간들이 그동안의 피로를 회복하는 가장 좋은 방법이었던 것 같습니다. 회복을 위한 시간 여행이 끝나고, 마음이 조금 정리되었다면 차분하게 자신에게 이야기해 보시기를 바랍니다.

"지금부터는, 준비한 대로 다시 시작하는 거야."

그 한 문장이 새로운 이력의 출발점이 될 것이며 명심해야 할 것은 반드시 새로운 시작에는 완전한 계획이 필요하다는 것입니다. 그리고 그 계획을 실현하기 위한 가장 중요한 도구는 다름 아닌 완벽한 준비입니다. 그 준비의 첫걸음은 거창한 계획표나 재무적인 목표가 아닙니다. 바로 몸과 마음의 회복입니다.

은퇴와 퇴직을 앞둔 시기, 가장 먼저 회복해야 할 것은 육체적 건강과 정신적 안정입니다. 그 두 가지가 앞으로의 목표를 이루기 위한 가장 확실하고도 현실적인 필수 '도구'입니다. 지친 몸을 돌보지 않고, 소모된 정신을 회복하지 못한 채 새로운 일을 시작한다면 그 계획은 오래 지속되기 어렵습니다.

오늘 저녁 만나기로 한, 저의 오랜 지인은 항상 제게 이렇게 말합니다. 준비를 참 잘하신 것 같다고 말입니다. 오랫동안 그렇게 꾸준하게 방향을 잡고 준비할 수 있었던 배경에 대해서도 궁금해합니다. 저는 늘 같은 답을 하곤 합니다. "다음 단계로 건너가기 위한 작은 다짐이 지금의 준비를 잘할 수 있도록 만들어 주었다."고 말입니다. 독자분들에게도 필자는 이렇게 말하고 싶습니다.

"직장에서의 퇴직은 끝이 아니라, 다음 이력을 위한 출발 선으로 다시 한 번 들어서는 과정이다."

이와 같은 예비 과정을 충실히 보내려면 육체적 건강과 정신적 견고함을 하나의 '자산'으로 인식해야 합니다. 투자에서 말하는 에쿼티(Equity)처럼 이 두 가지는 여러분이 앞으로 쌓아 나갈 모든 성과의 '기초 자본'이 될 것입니다.

오늘 아침도 늘, 어제와 마찬가지로 약 3년 전부터 퇴근 후 꾸준히 헬스장을 다녔습니다. 처음에는 의무감으로 시작했고 때로는 숙제처럼 느껴지는 날도 많았습니다. 그러던 어느 날, 회사 근처 공원을 산책하기 시작했습니다. 처음에는 단순한 산책이었지만, 점점 그 시간이 기다려지기 시작했습니다. 맑은 공기를 마시며, 공원에 설치된 간단한 운동기구를 이용해 하루에 정해진 횟수만큼 꾸준히 운동했습니다. 그렇게 가벼운 루틴을 만들어 가자 고가의 헬스클럽을 다니지 않아도 몸과 마음이 훨씬 가벼워졌습니다. 이 작은 변화가 제게 알려 준 것은 하나였습니다.

"준비는 거창한 결심이 아니라, 작은 실천의 반복과 지속이다."

'지속할 수 있는 준비'만이 진정한 준비라는 사실을 그때 알게 되었습니다. 은퇴 후의 새로운 이력을 이어 가기 위해서는 퇴직 전에 미리 준비하는 것이 가장 좋습니다. 준비는 단기간의 계획이 아니라, 하루하루의 작은 습관으로 만들어지는 과정입니다. 거창하고 무리한 계획은 지속되지 않습니다. 지속되지 않는 계획은 결국 자신을 지치게 만듭니다. 그래서 저는 언제나 이렇게 조언합니다.

"계획은 작게, 그러나 꾸준히."

작은 계획은 실패해도 회복이 빠르고, 지속되면 반드시 결과를 만들어 냅니다. 계획에 익숙해지면 자연스럽게 방향은 수정되고, 목표는 앞을 향하게 될 것입니다. 그 작은 행동들은 여러분들에게 다음 단계를 위한 도움닫기 능력을 반드시 만들어 줄 것입니다. 은퇴나 퇴직은 인생의 완결이 결단코 아닙니다. 나이 육십 즈음에 그렇게 될 수 있는 사회가 아님을 여러분들도 알고 계시리라 생각합니다. 그것은 다음 단계로 나아감을 위한 확고한 명령입니다.

새로운 이력을 위해 준비하고, 작은 계획으로 하루를 채워 가시길 바랍니다. 그 길 위에서 여러분은 또 한 번의 성장을 경험하게 될 것입니다. 지금부터 진짜 시작입니다. 당신의 두 번째 이력이, 이제 막 시작되었습니다.

*"너무 늦은 건 아닌지 너무 오래 걸리지는 않을지 숙고하기보다*
*지금 시작하는 것이 답입니다."*

# 일탈을 습관화해 보세요

저는 오랜 시간 건설회사에 몸담아 왔습니다. 늘 동료와 선후배, 그리고 업계 관계자들과 함께한 잦은 술자리와 회식, 끝나지 않는 업무 이야기 속에서 하루를 마무리하곤 했습니다. 서로의 고단함을 위로하고, 지친 몸에 술을 부어 넣으며 "다들 고생 많았다."고 격려하던 수많은 날들이 저의 직장 생활의 대부분이었습니다. 필자와 비슷한 시대를 살아왔다면 어느 직장이나 모두 비슷했을 것 같다는 생각입니다.

어느 시점에 이르러 직책 보임자로 승진을 하고 간부가 되어도, 사업장의 총괄 책임자가 되어도, 그 생활은 크게 달라지지 않았습니다. 오히려 책임과 스트레스는 늘어났고, 선택을 하고 결정을 하며 답을 만들어야 하는 더 큰 중압감과 번뇌가 엄습했던 것 같습니다.

만남과 소통은 언제나 '같은 사람들', '같은 자리', '같은 이야기'였습니다. 그리고 어느덧 나이 오십을 넘기면서 문득 이런 생각이 들었습니다.

"이 길의 끝에는 무엇이 있을까?"

건설인으로서 수천억 원 규모의 프로젝트를 총괄하며 십수 년 동안 수많은 현장을 성공적으로 완수했습니다. 많게는 백여 명의 직원을 이끌고 막대한 예산의 집행과 책임을 지는 자리에서 마치 전방의 장군이나 사령관이 된 듯한 삶을 살았던 것 같습니다.

한편 돌이켜 보면 그 시간이 직장생활에서는 필자의 '화양연화'와 같은 시기였던 것은 맞는 것 같습니다. 하지만 그 호기롭고 화려했던 시간의 흔적을 돌이켜 보니 남은 것은 사진 몇 장과 흐릿한 기억뿐이었습니다. 벽돌, 철근, 시멘트 등 수십억 원 규모의 자재를 지시 한마디로 구매하던 시절이 있었습니다. 그런데 직장이란 곳을 나간다는 생각을 해 보니 단지 벽돌 몇천 장을 직접 구입하는 방법도 모르는 현실에 놓이게 될 것 같다는 생각이 들었습니다. 과연 한 분야의 전문가가 맞는지 스스로를 의심하기에 충분했고 적지 않은 자괴감마저 들었던 순간이었습니다.

그와 같은 생각을 한참이나 하고서야 비로소 깨닫게 되었습니다. 조직 안에서는 말 한마디, 지시 한 번으로 가능한 모든 일이 은퇴한 '자연인'으로서는 결코 있을 수 없을 것이라는 사실을 말입니다. 시스템 속에서 움직였던 커리어는 세상 밖으로 나오는 순간 너무나 작고 제한적일 수밖에 없다는 것을 말입니다. 그때부터 홀연히 생각했습니다.

"이제는 나만의 세상을 다시 배우고 준비해야 한다."

그래서 그 첫 번째로 실천했던 것은 휴일마다 나의 직업과 직장과는 전혀 상관없는 수많은 세미나와 강연회를 찾아다닌 일이었습니다. 가능하면 다른 업계의 사람들을 만나고 내가 모르는 어떤 시장이 있는지 살펴보고 그들의 이야기를 들으려 노력했습니다. 처음에는 낯설고 무척이나 어색했지만 시간이 지나면서 그것들이 새로운 자극이 되었습니다.

어느새 퇴직이 가까워진 지금 저는 다양한 시장의 사람들과 자연스럽게 소통하고 정보를 나누는 일이 흔한 일상이 되었습니다. 이제는 그동안 중요하게 생각하지도 않았던, 제가 가진 오랜 커리어가, 오히려 그들에게도 영감을 주는 일이 많아지는 것도 느끼고 있습니다. 서로 다른 분야에서 쌓은 경험이 만나면 그 안에서 새로운 시너지가 일어납니다.

그들은 저의 경력을 존경과 존중의 눈빛으로 바라보기도 하고 저 또

한 그들의 다양함 속에서 다시 많은 배움을 얻고 동력을 얻었습니다. 이것이 제가 말하고자 하는 '일탈의 순수한 가치'입니다. 여기서 제가 말하는 '일탈'은 좋지 않은 방향으로의 탈선이 아닙니다. 오히려 지금 하고 있는 일에 충실하면서도 다른 세계를 경험하고 부딪혀 보는 용기를 뜻합니다.

우리가 사는 사회의 모든 구성들은 신기하게도 모두 연결되어 있습니다. 그리고 그 연결은 언제나 서로를 끌어당기려는 힘을 가지고 있습니다. 새로운 경험은 그 연결의 폭을 넓혀 줍니다. 여러분의 커리어 또한 누군가에게는 매우 귀중한 경험이자 영감이 될 수 있다는 사실을 믿어 보시기 바랍니다.

다양한 만남과 교류가, 때로는 생각지도 못한 성과를 만들어 내기도 합니다. 또한, 자기계발은 시간적으로 여유가 있을 때 하는 일이 아닙니다. 오히려 밥 먹을 시간도 없이 바쁜 사람 이 하는 것입니다. "너무 바빠서 배울 시간이 없다."는 말은 사실상 핑계일 뿐입니다. 숨쉴 틈 없이 바쁜 사람들이 지하철이나 버스 안에서 영어 단어장을 외우고 익히는 모습이 그렇습니다.

지금 이 순간도 돌이켜 보면 그 당시 다양함으로의 일탈이 필자에게 소중한 동기부여와 시장을 크게 보는 시야를 갖도록 만들어 준 것 같습니다. 여러분들에게 권하고 싶은 것은 그저 '미래를 위한 지속적 일탈'입니다. 조금의 시간을 내어, 평소 관심 있던 분야의 세미나나 강의를 찾아보시기 바랍니다. 찾아보면 무료로 열리는 강연도 많고, 적은 비용으로도 인생의 방향을 바꿀 만한 깨달음을 얻을 수도 있습니다. 저 역시 그렇게 시작했습니다.

처음에는 무료 강연들을 다니며 다양한 주제를 접했고 그 과정에서 저에게 맞는 커리큘럼을 자연스럽게 발견하고 조금씩 수준을 높여 가며 경험과 공부를 이어 갔습니다. 이제는 제가 콘텐츠를 직접 구성하고 세미나를 열어 특강을 진행하며 사람들 앞에서 강연을 합니다. 배우던 사람이 가르치는 사람이 된 것입니다. 배우고 익히는 즐거움은 말로 다 표현할 수 없습니다.

그 배움과 경험을 다른 사람들과 나누고 그 과정에서 새로운 관계와 비즈니스가 생기며, 선한 영향력을 미치고 출판과 강의까지 이어진 지금, 저는 제 인생의 '두 번째 커리어'가 시작되었음을 실감하고 있습니다. 흔히 이야기하는 '퍼스널 브랜딩' 역시 마찬가지입니다. 브랜드는 하루아침에 이루어지지 않습니다. 기본적인 SNS 활동, 브이로그, 인스타그램, 유튜브 활동들이 필연적으로 필요하지만, 그것도 지속할 수 있을 때 의미가 있습니다. 중요한 것은 '꾸준히 배워서 지속적으로 자신만의 언어로 전달하는 것'입니다.

이 모든 변화의 출발점은 바로 '작은 일탈'이었습니다. 회사 밖의 세상에 발을 한 번쯤 내딛은 그 작은 시도 그것이 저를 전혀 다른 길로 이끌었습니다. 그러니 일탈을 두려워하지 마십시오. 오히려 일탈을 습관화해 보시기 바랍니다. 작은 일탈의 시작이 삶의 관성을 깨어 주고 새로운 가능성을 여는 첫 단추가 될 것입니다. 아주 사소한 변화라도 좋습니다. 그 작은 습관과 실천이 쌓일 때, 여러분의 인생은 다시 방향을 얻고, 견고한 목표를 향해 출발하게 될 것입니다.

*"우연한 일탈이 커다란 변화와 성과를 만든다.*
*한 걸음 없이 성장은 없다."*

. . .

# 혼자서도 해낼 수 있도록 준비해야 합니다

　사람은 본래 외로운 존재입니다. 굳이 아담과 이브의 이야기를 빌리지 않아도 우리는 이미 스스로가 고독함 속에서 태어났음을 알고 있습니다. 삶의 모든 결정과 선택의 순간은 언제나 '혼자'였던 것을 어렵지 않게 기억해 낼 수 있으리라 생각합니다.

　물론 함께하는 삶의 가치는 분명합니다. 함께 식사하면 음식의 맛이 더 좋게 느껴지고, 동료와 여럿이 일하면 효율이 오르며, 가족이나 친구와 함께 여행을 하는 것이 혼자 떠나는 길보다 훨씬 충만하고 즐겁다는 것을 잘 알고 있습니다. 하지만 생각을 하고, 계획하고, 준비를 하며 실천하는 과정만큼은 혼자이길 권합니다.

　그 시간은 외롭고 고독합니다. 때로는 우울하고, 때로는 자괴감이 심하게 밀려올 수도 있습니다. 저 역시 무수히 많은 그런 순간들을 겪었으니까요. 그러나 혼자서 끝까지 해낼 수 있는 목표를 세우고 그 목표를 향해 묵묵히 나아갈 때 비로소 내면의 힘이 견고해지는 것을 필자의 경험을 빌려 확신할 수 있습니다.

저는 이따금씩 성공한 사람들을 보며 생각합니다. 그리고 깨닫습니다. 대부분의 사람들은 '능력이 부족해서' 실패하는 것이 아니라 스스로 오랜 고심 끝에 정한 방향으로 '나아감을 지속하지 못해' 실패한다는 것을 말입니다. 노력이란 것은 간헐적으로 해서는 아무 의미가 없습니다. 기분이 좋고 컨디션이 괜찮을 때만, 여유가 있을 때만 하는 노력은 결코 생각했던 결과로 이어지지 않습니다.

비가 오나 눈이 오나 컨디션이 나쁘더라도 그 노력을 계속 이어 가야 합니다. 그래서 처음부터 지속 가능한 목표를 세우는 것이 무엇보다 중요합니다. 어떠한 경우에도 멈추지 않고, 조금은 느리더라도 결국은 지속할 수 있는 방향과 목표여야 합니다.

오래전 골프를 배우던 시절의 일입니다. 입문 초기 저는 지인들, 혹은 거래처와의 골프라운딩 게임에서 매번 좋은 성적을 내지 못했습니다. 게임이 끝나면 기분이 무척 상했고 다 같이 함께 억지스러운 저녁 자리와 술자리까지 함께해야 했습니다. 그럼에도 불구하고 비용 또한 적지 않게 들었습니다.
어느 겨울, 눈이 유난히 많이 내리던 날이었습니다. 그날도 거래처

와의 골프라운딩을 마치고 모두 함께 저녁을 먹은 뒤 저는 홀로 연습장으로 향했습니다. 지금도 또렷하게 기억하고 있는 날이기도 합니다. 한 시간 넘게 혼자 공을 치며 깨달았습니다.

"나는 연습이 부족했구나."

그날 이후, 꾸준히 연습을 이어 갔고 비가 와도, 눈이 와도 빠지지 않았습니다. 그로부터 얼마 지나지 않아 싱글 플레이어가 되었고, 지금은 돌아가셨지만 항상 존경하는 시행사 회장님과의 골프 회동에서는 운 좋게 '이글'을 기록하기도 했습니다. 사무실 한편에 놓여 있는 이글 기념 트로피를 볼 때마다 존경했던 회장님과의 많은 추억이 떠오르곤 합니다. 지금은 이전처럼 필드에 자주 나가지는 않지만 동반자와 함께 어울려 코스를 도는 데 무리가 없을 정도의 실력은 유지하려고 합니다.

결국 성과를 만드는 건 지속적인 단련이었습니다. 어느 날 고심 끝에 정한 목표가, 너무 쉬워 보인다고 스스로를 과소평가할 필요는 없습니다. 지치지 않고 혼자서 지속할 수 있다면, 그것만으로도 완벽한 목표일 것이기 때문입니다. 작은 것을 지속하던 어느 날인가 잠시 자신을 돌아보면 처음 세웠던 목표에 도달하기도 전에, 이미 다음 목표가 더 멀리 더 크게 세워져 있는 자신을 발견하게 되는 날이 분명 찾아오게 됩니다.

그래서 저는 믿습니다. "마지막 목표란 없다." 지금도 제 목표는 항상 저만치 저보다 앞서 가고 있습니다. 그것이 인간적인 삶의 본질이자 성장하는 사람의 자연스러운 규칙이고 리듬입니다. 다시 강조하지만, 생각하는 모든 방향과 목표들을 혼자 해낼 수 있어야 합니다.

누군가의 조력이 필요하다면 그 조력은 결국 핑계로 변할 가능성이 큽니다. 진정한 협업은 각자가 '혼자 해낼 수 있는 힘'을 갖춘 상태에서 함께 모일 때 비로소 의미가 있다고 생각합니다. 더 큰 목표를 위해 서로 채워 가는 협업은 아름답지만 서로 기대기 위해 시작하는 협업은 끝내 완성에 이르지 못합니다. 그저 외로움을 달래기 위한 기대일 뿐일지도 모릅니다.

물론, 혼자서 모든 계획과 실행을 해내다 보면 때로는 독선에 빠질 수 있습니다. 저 역시 그런 경험이 많았던 것 같습니다. 그러나 돌이켜 보면, 그런 순간은 오히려 "내가 정말 치열하게 몰입하고 있구나." 하는 증거였다고 생각하고 있습니다. 문제에 부딪히고, 상처를 입고, 다시 일어서며 해결하는 과정을 반복하는 것. 그것이야말로 성공으로 가는 가장 빠른 길인 것 같습니다. 저 역시 여전히 넘어지고, 다시 일어서기를 반복하고 있습니다. 그러나 매번 넘어질 때마다 조금 더 견고해지는 자신을 느낍니다.

어제 오후부터 몸이 갑자기 좋지 않아서, 아무것도 할 수 없는 상태가 되었습니다. 그 순간에 제가 느낀 것은 언젠가는 "아무것도 할 수 없는 순간이 정말 오겠구나." 하는 생각이 들었습니다. 시간이 많이 남아 있다고 스스로도 믿고 있지만 에너지는 유한하고, 해낼 수 있는 일들은 줄어드는 것이 자연의 법칙일 테니 아쉬움을 뒤로하고, 단련이 더 많이 필요하다는 생각이 들었습니다.

지금 이 글을 쓰는 이 순간, 지나온 시간을 돌아보면 많은 과정과 성취라는 단어들이 도미노처럼 길게 이어져 있습니다.

물론 그것은 제 기준에서의 성취입니다. 타인의 기준이 아닌 나 자신이 인정할 수 있는 과정과 성취의 기록입니다. 지금은 많은 분들에게 필자의 과정을 공유하고 경제적 자유를 성취하는 길을 가이드하고 있지만, 생각보다는 가이드가 인도하는 길을 따라 나서는 분들은 많지 않습니다.

제가 강연을 마치며 항상 하는 말이 있습니다. 지금 여러분은 오늘 아주 좋은 이야기를 들었다고 생각할 테지만 강의가 끝나고 문을 나서는 순간 지금의 느낌을 기억하는 사람은 아마도 몇 명이 되지 않을 거라고 말입니다.

여러분도 자신만의 특별한 기준을 세우시기 바랍니다. 그리고 혼자서도 '충분히 해낼 수 있는 능력'을 갖추기를 권합니다. 그것이 은퇴라는 것을 정면으로 마주하고 인생 후반부를 지탱할 가장 강력한 자산이 될 것입니다.

누구나 조력이 필요하고 또 강렬하게 그것들을 원합니다. 하지만 진정한 조력은 스스로 서 있을 수 있을 때만 찾아옵니다. 의존이라는 생각 위의 도움은 허상이고, 자립 위의 협력만이 진정한 시너지를 만들어 낼 수 있습니다.

> "혼자서도 충분히 해낼 수 있는 사람,
> 그 사람이 결국 끝까지 해내는 사람입니다."

. . .

# 누군가와 함께 계획하지 말아야 합니다

앞장에서 의존과 조력 그리고 혼자 해내는 힘에 대해서 이야기하였습니다. 우리는 조직이나 직장과 회사에서 많은 일을 동료들과 함께해왔습니다. 역할과 책임이 다르고 업무 분야가 다르지만 협업이 미덕이었고 팀워크는 곧 '조직과 회사의 성과'라는 다른 이름이었습니다. 그래서 어떤 일을 계획할 때 한두 사람 혹은 여러 사람과 공동으로 기획하거나 분업하는 것이 자연스러운 습관으로 일반화되어 있는 것이라 생각됩니다.

필자 또한, 오랜 조직 생활을 하며 그 방식에 익숙해져 있었고 그런 일들이 너무나 당연한 것이고, 오히려 책임의 문제 때문에 독자적으로 수행하는 일 같은 건 회피하는 분위기도 많았던 것이 사실이었던 것 같습니다.

어떤 일을 수행하는 과정에서 문제가 생기면 선배나 동료와 상의했고 결정을 내릴 때도 늘 누군가의 의견을 먼저 들었습니다. 그것은 직장에서의 자연스럽고 올바른 질서였고 서로의 역할이 명확할수록 효율적인 구조였던 것 또한 사실입니다. 하지만 은퇴 이후의 개인적인 삶에서는 이야기가 많이 달라집니다. 그때부터는 누군가와 함께하는 습관이 오히려 큰 위험이 될 수 있습니다. 이런 이야기는 역설적인 이야기로 들릴 수도 있지만 유감스럽게도 사실입니다.

은퇴라는 현실을 마주한 지금, 여러분의 역할을 나눠 가지거나 대신 준비해 줄 사람은 아무도 없습니다. 어쩌면 그러한 역할을 자청하는 사람을 만나게 된다면 오히려 반드시 경계해야 하는 것이 맞습니다.

그 어떤 협력자도, 그 어떤 동반자도, 여러분 자신만큼 절박 할 수는 없습니다. 은퇴 이후의 계획은 오롯이 나 자신의 계획이어야 합니다. 그 안에는 타인의 조력이나 협업보다 냉정한 '자기 점검'과 '자기 성찰'이 먼저 자리해야 합니다. 필자인 저 역시 가족들에게조차 구체적인 계획을 상의하지 않았습니다. 누구보다 저 자신을 잘 알고 제 능력과 한계를 가장 정확히 파악하고 있었기 때문입니다.

가족의 의견은 존중하되, 결국 실행은 제 몫이라는 걸 알고 있었습니다. 가족을 비롯한 타인의 조력에 기대어 계획을 세우는 것은 언뜻 보면 합리적이지만 결과적으로는 매우 위험한 선택일 수 있습니다. 그

이유는 단순합니다. 사람은 완전하게 다른 인격체이며 절박함의 정도,
역시 다르고 생각하는 방향과 목표가 아주 조금만 달라도 시간이 지날
수록 협업이 불가능한 상태가 될 수 있기 때문입니다. 필자가 강연을
할 때 농담처럼 자주하는 이야기가 하나 있습니다.

"세상에서 가장, '이해시키고, 설득하기 힘든 이해 관계자'는 배우자
나 가족이다."

이 말은 은퇴나 퇴직을 앞둔 분들에게 더 많이 와닿는 말일지도 모
르겠습니다. 그만큼 위험해 보이는 결정이나 방향에 대한 리스크를 누
구보다 더 생각해 주기 때문일 것이라 생각됩니다.

협업에는 언제나 오해와 갈등이 따릅니다. 누군가는 더 많이 희생하
고 있다고 느끼고 또 누군가는 자신의 역할을 찾지 못한 채 방황합니
다. 그 과정에서 감정의 골이 깊어지고 결국 목표를 향한 항해는 멈추
게 됩니다. 함께 호기롭게 시작한 프로젝트는 서로의 기대가 엇갈리는
순간 너무나도 쉽게 난파선이 되어 버립니다.

저 역시 젊은 시절 동업의 형태를 통해 그 쓴맛을 경험했습니다. 좋
은 관계로 시작했지만 시간이 흐르며 역할과 책임 그리고 분배의 문제
가 서로를 멀어지게 만들었고 결과적으로 사업은 좌초되었던 적이 있

습니다. 그 이후 저는 한 가지 확신을 갖게 되었습니다.

*"혼자서 100%를 해낼 자신이 없다면,*
*협업이나 공동투자는 생각조차 하지 말라."*

미국 실리콘밸리의 성공적인 대표 기업들의 구조를 떠올려 봅니다. 마이크로소프트, 애플, 페이스북, 테슬라, 엔비디아 같은 기업들의 내면을 가만히 들여다보면 그 어떤 기업에도 독보적인 리더가 존재한다는 것을 알 수 있습니다. 물론 수많은 인재들이 함께했지만 결국 방향을 정하고 결단을 내리는 사람은 단 한 명이었습니다. 리더가 방향을 잃는 순간 조직 전체가 흔들리기 때문입니다. 이것이 바로 '혼자서 100%를 계획하고 준비해야 하는 아주 중요한 이유'입니다.

그렇다면 혼자서 모든 것을 해내는 힘은 정작 어디서 나올까요?
방법은 의외로 단순합니다.

"첫째, 자신의 능력이 부족하다면 능력을 키우는 것입니다."
"둘째, 그게 어렵다면 목표를 수정하는 것입니다."

자신의 역량 안에서 이룰 수 있는 계획만 세워야 합니다. 그것이 현실적이며 지속 가능한 길입니다. 협업의 본질을 들여다보면 '역할 분담'이라는 명분 아래, 누군가는 과도한 부담을 떠안고, 누군가는 방향을 잃고, 누군가는 불평을 시작합니다. 결국 그 팀은 해체되는 길을 걷게 되고 좋은 관계로 시작한 인연은 회복할 수 없는 큰 상처로 남을지도 모릅니다. 함께한다는 말의 위험성은 수직적 관계보다 수평적 관계에서 더 자주 발생합니다. 시작 즈음에는 어깨동무를 하고 '2인 3각'으로 호기롭게 출발하지만, 보폭과 열의가 서로 다르기에 반드시 어느 순간에는 발이 엇갈리게 되어 있습니다.

그 삐걱거림이 반복되면 결국 누군가는 속도를 늦추고 누군가는 뒤돌아보게 됩니다. 반면 수직적 관계에서는 리더와 참모가 각자의 역할을 인식합니다. 리더는 방향을 제시하고 참모는 실행에 집중합니다. 이런 관계는 오히려 오래 지속될 가능성이 있습니다. 이런 '수직적'이라는 관계의 정의는 세계적인 기업 '스페이스 엑스'의 로켓발사 시스템에서도 찾아볼 수가 있습니다. 수만 개의 부품 제작을 '외주'에서 '직영'으로 바꾸고 효율을 크게 높이고 원가를 줄였다는 창업자의 인터뷰를 들은 적이 있습니다.

그러나 이러한 구조에서도, '성과와 분배'는 늘 현실적인 문제로 등장합니다. 이 부분을 간과하면 결국 또 다른 갈등의 씨앗이 됩니다. 필자는 은퇴를 준비하는 모든 과정을 처음부터 스스로 경험하며 설계하고 만들어 왔습니다. 처음에는 혼자였지만 이제는 함께하는 사람들에게 역할을 부여하고 각자가 성과를 만들 수 있는 시스템을 설계했습니다.

그들이 독립적으로 성장하도록 돕는 것이 진짜 리더의 역할이라 믿습니다. 지금 누군가와 함께 무언가를 시작하려는 분이 있다면 한 가지 조언을 해 드리고 싶습니다. 자신이 온전히 지배하거나 그들을 완전하게 추종하도록 해야 한다고 말입니다.

*"온전히 지배하거나, 완전히 추종하게 하라."*

그것이 협업의 유일한 안정된 형태라고 생각합니다. 어정쩡한 평등은 책임을 흐리고, 결국 관계마저 흔들리게 만듭니다. 필자가 강력하게 권고하는 방식은 자신이 혼자서 모든 걸 경험하고 계획하며 준비하고 실천하라는 것입니다. 아마도 이것은 거의 불가능에 가까울지도 모릅니다. 그렇지만 멀지 않은 시점에 은퇴라는 것을 마주할 것이 분명하다면 지금은 혼자서 조용하게 준비해야 할 시기입니다.

100% 완성된 시스템이 아니더라도 스스로 만들어 내는 경험을 통해 진짜 힘이 생깁니다. 혼자 고군분투하며 터득한 능력은 어떤 협업보다 오래갑니다. 그 고독의 오랜 시간 속에서 여러분은 '자신만의 방식'을 발견하게 될 것입니다. 그때가 바로, 누군가와 함께하더라도 흔들리지 않는 아주 중요한 순간이며 진정한 리더가 되는 순간입니다.

"혼자 가면 멀리 못 간다?"

"더 견고하게 멀리, 높이 갈 수 있다고 생각합니다."

. . .

# 어떤 사람들과 함께하고 있나요

"당신의 주변에 어떤 사람들이 있느냐가 당신의 삶을 결정한다."

아마 누구나 한 번쯤 들어 본 이야기일 것입니다. 그리고 이 말은 분명 어느 정도 사실에 입각한 말이라고 생각하고 있습니다. 하지만 은퇴를 전후한 시점에서는 이 문장의 의미가 조금 달라집니다. 주변에 어떤 사람들이 있느냐보다, 이제는 스스로가 어떤 사람으로 남아 있느냐가 더 중요한 시기라는 것입니다.

퇴직을 앞둔 사람들이, 저장하고 있는 연락처를 들여다보면 작게는 500명에서 많게는 수천 명의 연락처가 저장되어 있는 것을 어렵지 않게 볼 수 있습니다. 필자 역시 틈이 날 때마다 지우고 있긴 하지만 아직도 약 2천 명 정도의 연락처가 저장되어 있긴 합니다. 그렇지만 하루의 통화 기록을 가만히 살펴보면 열 통이 채 되지 않는 경우가 대부분일 것입니다.

어떤 날은 한 통의 전화도 오지 않는 날이 있는 사람도 있을 것 같습니다. 아마 이 글을 읽는 분들 중 많은 분들이 그런 날의 적막함을 이미 경험하고 계실 것이라고 생각합니다. 저 역시 아주 평범한 보통 사람이고 그러한 경험을 많이 해 본 사람이기 때문입니다. 물론 요즘은 SNS로 소통하는 시대라 카카오톡이나 텔레그램, 밴드 등을 통해 메시지를 주고받기도 합니다.

저 역시 하루 종일 스마트폰을 손에 들고 있지만 막상 먼저 연락을 할 사람이 많지 않고 연락이 오는 횟수도 예전보다 눈에 띄게 줄었습니다. 요즘은 가끔 오래된 연락처를 하나씩 지워 나가며 묘한 감정에 잠기기도 합니다. 이런 현상은 결코 비정상은 아니라고 생각합니다. 오히려 자연스러운 일일지 모른다고, 스스로 괜찮다고 해 본 적이 많습니다.

필자가 리딩하고 있는 몇백 명의 SNS 커뮤니티를 들여다봐도 글을 올리거나 반응을 하는 사람은 10%도 채 되지 않는다는 것을 보면, 어느 정도 이해가 되기도 합니다. 현역 시절에는 수많은 사람들과 어울리고 직장과 사회적 관계 속에서 끊임없이 연결되어 있었습니다. 하지만 은퇴 무렵에 이르러서는 그 에너지가 자연스럽게 줄어듭니다. 관계의 폭이 좁아지는 것은 당연한 시간의 흐름이자 오히려 필요한 정화의 과정인 것 같습니다. 지금 무엇보다 더 중요한 것은 그러한 시점의 공허감과 불안함을 극복할 수 있는 멘탈 관리가 아닐까 생각합니다.

저는 이렇게 생각합니다. 은퇴 이후에는 소소한 성취감, 즉 마음이 통하는 소수의 몇 사람과 주고받는 잔잔한 소통만으로도 충분합니다. 만남과 연락을 주고받는 그 행위 자체가 작지만 귀한 네트워크이기 때문입니다. 문제는, '관계를 지나치게 갈망할 때' 생깁니다. 은퇴나 퇴직 이후 갑작스러운 고립감이나 외로움을 급히 채우려다 보면 예기치 않은 사고로 이어지는 경우도 많습니다.

저의 지인 중 한 분도 오랜 기간 믿어 온 측근에게 금전적 사기를 크게 당해, 삶이 송두리째 흔들려 지금도 회복이 안 되어 힘들어하고 있는 걸 보고 있습니다. 소중한 퇴직금이나 노후 자금이 이런 관계의 함정에 빠져 사라진다면 그 뒤의 삶은 회복할 수 없는 고통과 후회로 가득할 것입니다.

최근 방영된 인기 드라마 중에 〈서울 자가에 대기업 다니는 김부장〉이라는 드라마에서 보듯이 25년간 다닌 직장을 퇴사하고 받은 퇴직금을 너무나 쉽게, 실수를 일으켜 회복하기 어려운 상황에 맞닥뜨린 경우가 결코 드라마 얘기만은 아닌 것 같습니다.

흔히 "주변에 어떤 사람들이 있느냐?"에 따라 삶의 질이 달라진다고 말합니다. 하지만 저는 이렇게 말하고 싶습니다. "억지스러운 관계는 오히려 독이 됩니다." 나이가 들수록 마음과 생각을 타인에게 쉽게 터 놓는 일은 무척 위험해집니다.

감정적 상처나 금전적 손실은 회복이 무척 어렵습니다. 특히 은퇴 전후의 시점에서 이런 상처나 손실을 당하게 된다면 정신적·신체적 회복 모두 쉽지 않습니다. 한순간의 잘못된 선택으로 처지가 정말 위 험한 상황에 놓이게 될 수도 있습니다.

필자는 지금도 블로그, 강의, 커뮤니티를 통해 많은 사람들과 소통 하고 있지만 그 관계의 깊이는 언제나 조심스럽게 유지합니다. 불특정 다수와의 교류가 외로움을 완전히 해소해 주지 못한다는 사실을 이미 알고 있기 때문입니다. 오히려 저는 한정된 관계 속에서 시간이 걸리 더라도 서로의 작은 위로와 협력의 시스템을 꾸준히 만들어 가고 있습 니다. 강의 중에 이런 이야기를 자주 합니다.

"핸드폰을 꺼내어 지난 일주일간 가장 자주 연락한 다섯 명을 조회 해 보십시오".
"그들이 지금의 여러분을 만들어 가는 사람들이고 여러분의 미래를 함께 열어 갈 가능성이 가장 높은 사람들입니다".

어쩌면 가족을 제외하면 거의 소통하는 사람이 없는 분도 있을 것입니다. 하지만 걱정할 필요 없습니다. 그것이 사회적 단절을 의미하지는 않습니다. 지금의 시대는 온라인으로도 충분히 세상과 연결될 수 있는 시대입니다. 생각이 통하고 취미가 같은 사람들과의 교류는 언제든 접촉이 가능하고 신중하게 생각할 일이긴 하지만 새로운 관계로 이어질 수 있습니다.

지금부터 중요한 것은, 여러분 스스로가 '소통을 원하는 사람'이 되는 것입니다. 조심스럽겠지만 누군가에게 먼저 다가가고 진심으로 공감할 줄 아는 사람으로 남는다면 자존감은 높아지고 가족들에게도 더욱 당당하게 비칠 것입니다 결국 관계의 본질은 숫자가 아닙니다. 핵심은 '깊이'와 '진정성'입니다. 그리고 그 모든 관계의 시작과 끝에는 아주 중요한 한 사람이 있습니다. 바로 자기 자신입니다.

*"가장 중요한 측근은 자기 자신입니다."*

스스로를 이해하고 스스로를 격려하며, 자신의 마음을 가장 먼저 돌봐야 하는 사람, 자신과 가까워지는 것이 관계의 중심에 설 수 있는 사람입니다.

"결이 맞는 사람들과 어울리기를 늘 바라지만
온전하게 맞는 인연은 없다."
"스스로의 안에서 찾는 것이 답이다."

. . .

# 접점을 소중하게 생각해야 합니다

    은퇴라는 시점에 이르게 되면 조직이나 회사와 관련된 다양 하고도 많은 이해관계와 인연들이 정리되는 현실이 지극히 자연스러운 현상입니다. 직장동료, 선후배, 거래처 사람들, 오랜 세월 업무와 거래로 인해 형성된 필요충분 관계들은 마치 봄눈처럼 길지 않은 시간에 녹아 사라집니다.

    그 속도를 따라가며 적응해 보기도 전에 문득 고요함과 적막함이 찾아오고 그제서야 우리는 관계라는 정의의 덧없음을 새삼 느끼게 됩니다. 필자 역시 숱하게 그런 이야기를 많이 들었고 그렇게 될 것이라는 예상은 했지만 막상 그 시점에 이르러서야 "이런 얘기를 했던 거구나." 하고 느꼈던 것 같습니다.

    "간혹, 내가 먼저 연락해 볼까?"

하는 생각도 많이 해 보긴 할 텐데 그것 역시 시간이 지남에 따라 상대가 어떻게 생각할지 몰라서 망설이게 될 것입니다. 하지만 나름 소중했던 인연의 연결들이 모두 끊어지는 것은 아닙니다. 시간이 어느 정도 지나면 새로운 만남의 흐름이 다른 형태로, 다른 온도로 다시 찾아옵니다. 이전과 같은 빈도나 열정은 아니겠지만 시간은 언제나 새로운 접점을 만들어 내는 것 같습니다.

필자 역시 은퇴를 진지하게 준비하던 시절, 회사 안의 사람들과는 점점 거리감이 생기기 시작했던 것 같습니다. 일부러 의도하지 않았지만 관계의 소홀함은 스스로 다양한 분야로의 경험과 체험 그리고 사람들을 접하고 만나다 보니 자연스럽게 그런 환경이 만들어진 것 같습니다.

처음엔 스스로 그 이유를 명확히 설명할 수 없었습니다. 돌이켜보면 직장인으로서의 '커리어'가 아닌 또 다른 자신의 삶을 살아 보기 위한 준비였던 것 같습니다. 회사가 저의 삶을 지탱해 주고 가족을 부양할 수 있게 해 준 것은 여러 번의 실패를 거듭한 필자에게는 참으로 고맙고 감사한 일이었습니다. 그러나 제 안에는 늘 무언가를 다시 새로 만들고 싶다는 욕망이 잠재되어 있었습니다. 때로는 동료들에게 이렇게 말하곤 했습니다.

"30년 넘게 지금의 일을 해 왔지만, 사실 적성에 맞지 않는 것 같다."

그들은 대부분 하나같이 웃으며 넘겼지만 저에게는 그 말이 늘 진심이었으며 내면 깊숙이 울림처럼 맴도는 자기 성찰이었습니다. 물론 모든 사람이 저와 같지는 않습니다. 은퇴 후에도 기존의 커리어를 기반으로 성공적으로 홀로서기를 하는 분들을 많이 보아 왔습니다. 그것이 오히려 일반적이고 상식적인 길입니다.

하지만 필자에게는 스스로를 새롭게 설계하고 싶은 욕망이 있었습니다. 무언가를 만들고 체계를 세우고 안정시킨 뒤 다시 다음 단계로 나아가는 일. 그것이 저를 항상 살아 있게 만들 것이라는 확신이 있었습니다. 그래서 은퇴 이후에도 기존의 커리어를 완전히 버리지 않으면서 조금 더 '창의적이고 성취감 있는 일'을 만들어 보고 싶었습니다.

저의 커리어는 건설과 개발이었지만 그 위에 부동산과 금융이라는 축을 더했습니다. 결과적으로 지금은 투자, 금융과 교육, 강연, 그리고 집필에 이르기까지 커리어의 융합으로 시스템을 확장해 나가고 있습니다. "배제"가 아니라 "확장"이었습니다. 은퇴 후에도 우리는 생각보다 다양하고 많은 '접점'을 마주하게 됩니다. 그 접점은 때로는 아주 사소한 계기로 시작됩니다.

세미나에서 스쳐 만난 한 사람, 동네 산책 중 인사를 건넨 이웃, 책을 매개로 이어진 공감의 순간.

그런 만남이 억지스럽지 않고 자연스럽게 다가온다면 그건 분명 놓치지 말아야 할 소중한 인연입니다. 서로의 삶에 시너지를 주고 좋은 에너지를 나눌 수 있는 관계는 오래 지속될 가능성이 큽니다. 하지만 그렇지 못한 관계에서는 좋은 접점을 만들어 낼 수 없습니다. 소모적이거나 불편한 관계는 자연스럽게 멀어질 것이고 그 또한 관계의 정리 과정이자 순환의 일부일 것입니다.

동기를 부여받고 좋은 에너지를 만들어 내는 접점을 만난다면 절대 놓치지 않는 습관이 필요합니다. 우리는 사회생활을 하며 수많은 만남을 경험합니다. 그것이 친목이든, 사업이든, 혹은 우연한 모임이든 어디선가 예상치 못한 관계의 접점이 만들어지곤 합니다.

그 접점들이 단순하고 짧은 인연으로 스쳐 갈 수도 있지만 때로는 인생의 중요한 전환점이 되기도 합니다. 몇 번의 만남과 소통을 거듭한 끝에 '이 사람과의 인연은 내게 소중하다'는 느낌이 든다면 그 관계를 반드시 좋은 관계로 다듬는 진실한 노력이 필요합니다.

물론 계산된 관계를 맺으라는 뜻은 아닙니다. 관계라는 것은 결국 서로의 에너지가 닿는 지점에서 자연스럽게 유지되고 성장하는 법입니다. 시너지가 없는 관계는 결국 멀어지게 마련이니까요.

"사람과의 관계는 숲길과 같다."
"자주 왕래하지 않으면 길은 곧 끊어진다."

오랜 세월 이어져 온 관계라도 지속적으로 왕래하지 않으면 어느새 길이 사라진 듯 어색해지는 순간이 찾아옵니다. 반면 꾸준히 마음을 주고받는 관계는 인위적인 노력이 아니라 자연스러운 교감 위에서 유지됩니다. 억지로 접점을 만들 거나 관계를 넓히려 애쓰지 마십시오. 그 자체가 오히려 상처와 스트레스가 될 수 있습니다.

필자 역시 은퇴를 준비하면서 많은 이해 관계자들과의 관계를 자연스럽게 정리하게 되었습니다. 나 자신을 탐구하고 몰입하는 과정에서 시간을 분배하지 못한 이유도 있었지만 무엇보다 의미 없는 관계에 시간을 쏟는 일이 얼마나 큰 낭비인지를 절감했던 것 같습니다. 새로운 길을 준비하다 보면 그 안에서 자연스럽게 새로운 접점들이 생겨납니다. 그 접점들은 억지로 만드는 인연이 아니라 방향과 가치가 일치하는 사람들과의 만남 속에서 형성됩니다. 저는 그 안에서 진정한 관계가 자라나는 것을 경험하고 있습니다.

어릴 적부터 함께한 친구들이 있습니다. 초등학교부터 고등학교까지 이어진 11명의 친구 중 두 명은 안타깝게도 너무 일찍 세상을 떠났고 한 명은 해외로 이민을 가 지금은 여덟 명이 남았습니다. 40대 후반까지만 해도 자주 만나 서로의 안부를 묻고 웃으며 시간을 보냈지만 이제는 만남이 어색해지고 사는 형편들이 모두 다르고 대화의 주제마저 잘 맞지 않아 집안의 경조사에서나 몇몇의 얼굴을 볼 수 있을 뿐입니다.

그중 한 친구와는 여전히 자주 연락을 주고받습니다. 사는 환경도, 성격도, 가치관도 다르지만 서로를 존중하고 경청하며 배려하는 관계를 유지하고 있습니다. 돌이켜 보면 그 친구가 저보다 더 많이 양보하고 들어 주었기에 가능한 일이었던 것 같습니다. 이 글을 통해 그 친구에게 조용히 감사의 마음을 전하고 싶습니다. 친구가 많을 필요는 없습니다. 진심으로 공감하고 응원해 주는 단 한 사람, 그 한 명이면 충분한 것 같습니다. 은퇴를 준비하는 단계에서 또는 이미 은퇴한 이후에도 그런 친구가 한 사람만 곁에 있다면 그 인생은 이미 풍요롭고 멋진 인생이라 생각합니다.

"친구야, 고맙다."

사람과의 관계는 숲길과 같습니다. 아무리 아름다운 길도 자주 오가지 않으면 풀에 덮이고 결국 길이 사라집니다. 마음이 통하는 사람이라면 가끔이라도 왕래하십시오.

그 한 번의 연락이, 그 한 번의 안부 인사가, 길을 잇는 다리가 됩니다. 하지만 억지로 길을 내지는 않기를 바랍니다. 억지스러운 관계는 오래가지 않습니다. 시간과 에너지는 유한하기에 여러분의 정성을 쏟을 길은 언제나 진정한 미래로 향해야 합니다. 은퇴 이후의 관계는 수량이 아니라 밀도의 문제입니다. 그동안의 경력과 경험을 통해 여러분들은 이미 충분히 깊은 사람입니다. 이제는 많은 사람을 만나는 것보다 '올바른 사람'을 만나는 일이 중요합니다. 진심으로 통할 수 있는 단 한 사람, 서로의 이야기를 경청하고 배려할 수 있는 인연, 그 한 사람만으로도 삶은 훨씬 견고해질 수 있습니다.

저는 이렇게 이야기하고 싶습니다. '접점을 만난다면, 절대 놓치지 말아야 한다.' 그 인연이 당신의 다음 미래에 새로운 의미와 기회를 가져다줄 수도 있으니까요. 어쩌면 그 한 번의 만남이, 당신의 은퇴 이후 삶을 완전히 바꿔 놓을 수도 있습니다.

*"접점을 소중하게 생각해야 합니다."*

. . .

# 견고한 자존감을 유지해야 합니다

"송충이는 솔잎을 먹어야 산다."

이 말은 너무 익숙한 문장이라 조금은 진부하게 느껴질지도 모르겠습니다. 하지만 이 한 줄의 문장은 어쩌면 우리가 살아가는 모습들에 대한 가장 현실적인 은유일지도 모릅니다. 솔잎이 아닌 다른 것을 먹는다면 생을 이어 갈 수 없는 송충이처럼 많은 사람들은 자신이 늘 해오던 방식과 익숙한 환경, 익숙한 일에만 머물며 살아갑니다.

그렇게 반복되는 삶 속에서 조금씩 뜨거움을 잃어 가고 조금씩 삶의 속도를 잃어 갑니다. 송충이는 솔잎을 먹어야 살지만 사람은 그렇지 않습니다. 우리는 언제나 새로운 것을 접해야 살아남는 존재일지도 모릅니다. 오랫동안 진화를 거듭하며 지금의 모습을 하고 있는 것으로, 그 이유를 가늠해 볼 수 있을 것 같습니다.

갓난 아기가 모유를 먹고 조금 더 자라서 이유식을 거쳐 밥을 먹는 것처럼 인생도 단계마다 다른 형태의 영양분이 필요하다고 생각합니다. 늘 같은 솔잎만 먹는다면 몸은 편할지 모르지만 마음은 서서히 굳어 갈 것입니다. 새로움이 주는 자극과 불편함을 피하다 보면, 결국 변화할 수 있는 능력 자체를 잃게 될지도 모릅니다.

누구에게나 성장이 멈추는 시기가 찾아옵니다. 육체적으로도 정신적으로도 그리고 은퇴 시기에 이르면 사회적으로도 그렇습니다. 그때 필요한 것이 바로 새로운 형태의 솔잎, 즉 나를 지속적으로 자극하고 성장시켜 주는 무언가입니다. 여러분도 멈추는 것이 두렵다면 밖을 내다보고 현실을 넘어 다음을 준비해야 합니다. 그것이 곧 자기 계발이며, 견고한 자존감이 만들어지는 가장 확실한 길이라고 생각합니다.

견고한 자존감은 스스로를 새롭게 단련할 때 생겨나기 마련입니다. 그 방법이 독서가 될 수도 있고 운동, 혹은 전혀 새로운 경험이든 상관없습니다. 중요한 것은 자신을 지치게 하지 않고 새로운 에너지를 생성시키며 생동감을 느낄 수 있게 하는 일입니다.

심장 박동이 빨라지고 가슴이 두근거리며, 시간이 너무나 빠르게 흘러가는 느낌이 드는 순간이 있다면 그것이 아마도 여러분이 새로운 '솔잎'을 마주했을 가능성이 매우 높습니다.

저는 최근에 그런 순간을 여러 번 경험했습니다. 블로그를 시작한지 1년이 되었고, 조회수는 4만을 넘겼으며 이웃은 2천 명에 육박하고 있습니다. 이러한 숫자는 인위적인 마케팅으로 비용을 들여 늘려 나간 숫자가 아닌 순수하게 주기적으로 정성을 들여 포스팅을 하고 지속한 결과라서 더욱 의미가 있다고 생각합니다. 비록 작은 과정과 작은 결과이지만 이 변화는 필자에게 큰 동기를 주었습니다.

은퇴를 앞두고 시작한 블로그와 출판한 전자책들이 이제는 저를 소개하는 또 하나의 명함이 되었습니다. 자연스러운 '퍼스널 브랜딩'이 이루어지고 있는 셈입니다. 인터넷 서점에서 제가 쓴 책이 판매가 되고 출판사에서 작가에게 주는 인세가 입금이 될 때마다 지속은 역시 성장이라는 결과를 낳는다는 것을 실감하고 있습니다.

사람들을 만날 때마다 저는 늘 이렇게 말합니다. "여러분도 항상 스스로에게 무엇을 하는 사람입니까?"라고 질문을 하라고 말입니다. 그 질문에 명확히 대답할 수 있다면 당신은 이미 자신을 제대로 브랜딩하고 있는 것입니다. 누가 봐도 "이 사람은 이런 일을 하는구나." 하는 인상을 남길 수 있다면 그 자체가 견고한 자존감의 증거이기도 합니다.

저는 자신의 삶을 명확히 정의할 수 있는 사람이 되고 싶었습니다. 그런 생각을 많이 하면서 살아왔기 때문인지 알 수 없으나 때로는 외

골수로 보일지라도 적어도 제 자신은 스스로에게 만족하고 있습니다. 나를 찾는 사람들에게 "그는 이런 삶을 사는 사람"이라는 확신을 주는 것, 그것이 제가 추구하는 방향입니다. 그래서 필자는 노력과 과정 없이 수동적으로 주어지는 '솔잎'이 아니라 나를 풍요롭게 하는 새로운 솔잎을 꾸준하게 찾아 나섰습니다.

지금 잠시 이 글을 쓰는 시간에도 저는 회사에 휴가를 내고 외부 세미나에 참석하고 있습니다. 새로운 아이디어와 사람을 만나며 내 안의 '다음'을 준비하는 소중한 시간입니다.

저는 세미나와 강의를 많이 찾아 다닙니다. 그것이 스스로에게 맞는 '새로운 영양분'을 찾는 가장 좋은 습관이라고 확신하기 때문입니다. 주말마다 강의장을 찾고 때로는 전문가가 주관하는 특강에도 참석했습니다. 지금 기억을 더듬어 보면, 가장 처음 참석한 강의는 '부동산법인 경영자를 위한 세무 특강'이었고 이후에는 3만 원, 10만 원, 99만 원짜리 강의까지 분야를 가리지 않고 다녔습니다.

지금도 언제든 필요하다고 판단되거나 인사이트가 느껴지는 세미나라면 언제든 주말을 반납하고 참석합니다. 그 과정 안에는 언제나 배울 가치가 있는 사람들과의 인연이 생기고 벤치마킹할 수 있는 많은 영감을 주는 콘텐츠가 존재합니다 다시 말하면, 숨은 고수들이 다양하게 존재하고 있다는 얘기입니다. 그들의 다양한 경험을 통해 내 생각이 구체화되고 계획이 용기로 바뀌는 순간을 여러 번 경험했습니다.

일본의 자기계발서 작가 '사이토 다카시'는 《일류의 조건》이라는 저서에서 이렇게 말했습니다.

"일류가 되려면 숙달해야 한다. 숙달의 원동력은 바로 동경(憧憬)이다."

동경하는 마음이 없으면 하고자 하는 의지가 자라지 않고 무언가에 능숙해지는 즐거움도 얻을 수 없다고 합니다. 그는 또 말합니다.

"동경하는 마음으로 숙달하고 충만함을 얻으려면, 세 가지 도구가 필요하다."

"첫째는 훔치는 힘(모방)."
"둘째는 추진하는 힘(실행력)."
"셋째는 요약하는 힘(질문과 정리)이다."

저는 이 말에 깊이 공감합니다. 다른 이들의 경험을 '훔치고', 그 배움을 '실행'으로 옮기며, 그 과정에서 내 생각을 '요약'해 나가는 것. 그것이 곧 성장의 핵심입니다.

    세미나와 강의는 단순한 배움의 자리가 아닙니다. 그곳은 다른 이들의 인생을 간접 체험하는 무대입니다. 그들의 시행 착오와 깨달음은 나의 진로와 방향을 보정하고 보완하는 데 큰 도움이 됩니다. 필자도 세미나와 강의를 기획하며 교안을 작성하고 회원들에게 알리는 과정을 통해서 생각을 정리하고 확신으로 다듬어 가는 경험을 하고 있습니다. 그렇게 타인의 경험을 거울 삼아 나를 숙달시켜 나가는 과정 속에서 자존감은 견고해지고 삶은 다시 활기를 찾는 것 같습니다.

    "지금 당신이 먹고 있는 솔잎은 무엇입니까?", "그것이 당신의 자존감을 지속해서 성장시켜 주고 있습니까?" 아니면 그저 "익숙함의 반복으로 당신의 칼날을 무디게 만들고 있습니까?" 새로운 솔잎을 찾아보시기 바랍니다. 당신의 삶을 자극하고 당신의 내면을 다시 뜨겁게 만들어 줄 무언가를 찾을 수 있다면 은퇴 이후에도 성장할 수 있는 비결이 될 것입니다.

"실행하지 않은 사람과 실행한 사람은 큰 차이."

"실행하지 않은 사람과 많이 실행한 사람은 천지 차이."

"실행하지 않은 사람과 성과를 낸 사람은 우주만큼 차이."

· · ·

# 결과를 만드는 사람이 되어야 합니다

필자가 조직에 오랫동안 있으면서 프로젝트를 지휘할 때나 강연을 할 때 자주 하는 이야기를 한 가지 소개하려고 합니다.

"과정이 아름다울 필요가 있나요?"

이 문장만 떼어 놓고 보면, 지나치게 냉정하고 이성적이기만한 사람의 말처럼 들릴지도 모르겠습니다. 하지만 이 말의 진짜 의미는 다른 곳에 있습니다. 과정이 존중받고 아름답게 평가받기 위해서는 결국 결과가 반드시 존재해야 한다는 것. 그것이 제가 하고 싶은 이야기의 본질입니다 여기에서 말하는 결과라는 것은 반드시 성공과 성취만을 의미하지는 않습니다. 과정을 시작했다면 반드시 끝을 내 봐야 한다는 의미입니다.

한때 국가를 대표하며 큰 성공을 이루었으며 전혀 기대하지 않았지만 지금은 연예계 활동을 왕성하게 잘하고 있는 농구 국가대표 출신의 서장훈 선수가 한 말이 떠오릅니다. "진정으로 즐기는 사람이 성공한다."라는 말을 믿지 않는다는 이야기입니다.

그의 많은 팬들은 그의 화려한 플레이를 보며 환호하고 열광을 하면서 즐거워했지만, 정작 본인은 한 번도 즐기면서 운동을 해 본 적이 없다고 합니다. 즐기기만 해서는 결단코 성공할 수 없다는 말도 함께 덧붙여 이야기하는 것을 보았습니다.

우리가 살아가며 접하는 수많은 일들과 사소한 일상부터 국가를 대표하는 중대한 사안까지도, 인정하고 싶지는 않지만 결국은 결과가 모든 것을 말해 줍니다. 오랫동안 힘들게 노력하고 누구보다 힘든 과정을 견뎌 왔지만 결과가 좋지 않아서 기억에서 사라져 간 무수히 많은 사람들이 있습니다.

"역사는 승자의 몫이다."
"모든 것은 결과로 말한다."

두 문장은 어쩌면 너무 익숙한 진리이지만 여전히 부정할 수 없는 냉혹한 현실입니다. 과정은 회고할 수 있고 결과의 성적 여부를 떠나 그 속에서 배움을 얻을 수 있습니다. 하지만 결과 없이 흐지부지 마무리되는 과정은 아무도 기억하지 않습니다. 결국 우리가 앞으로 나아가기 위해서는 그때마다 결과라는 '표식'을 남겨야 합니다. 그것이 다음 발걸음을 위한 또 다른 출발점이 되기 때문입니다.

저는 오랜 시간 건설업계에 몸담으며 수많은 프로젝트의 결과를 마주하는 경험을 했습니다. 납품, 준공, 입주, 유지 관리까지 고객들과의 약속을 지키기 위해 수많은 리스크와 싸워야 했습니다. 물가 인상, 파업, 농성, 자재 파동, 천재지변 등 예측할 수 없는 외부 변수들 속에서도 결과는 정해진 날에 반드시 나와야 했습니다.

그것이 바로 책임이자, 신뢰의 증명이었으니까요. 필자가 지휘했던 어떤 현장은 원가·공정·품질·안전 모든 면에서 탁월한 성과를 거두어 조직 내 모든 상을 휩쓸었던 말 그대로 '그랜드 슬램'을 이루기도 했습니다. 그때의 성취감은 말로 다 표현할 수 없을 정도였습니다. 반면 어떤 프로젝트는 과정에서 팀원들 모두 누구보다 고생했지만 결과적으로 기대에 미치지 못해 몇 년간의 노력이 기록되지도 못한 채 홀연히 사라진 적도 있습니다. 그때 저는 깨달았습니다. 결과가 없다면 과정은 기록되거나 기억되지 않는다는 것을 말입니다. 그 사실은 때로 잔인하지만, 현실이 주는 분명한 메시지이기도 합니다.

오늘 우연히 본, '페이스북'을 통해 회사후배 현장소장의 소회를 보았습니다. 얼마 전 사회적 이슈가 된 사고, 엄중한 책임감으로 수습을 모두 힘들여 마쳤지만 회사는 후배를 그 자리에 남겨 두지 않았던 모양입니다. 후배가 남긴 장문의 글에서는 이제 책임을 지고 싶어도 아무것도 할 수 없는 현실이 되어 버렸다고 말하고 있었습니다. 그의 화양연화 같았던 모든 기록들이 사라지고 만 것 같은 느낌을 받은 것 같았습니다.

누구보다 노력했을 그를 생각해 보니 아쉽고 안타까운 마음이 많이 들었습니다. 다행이지만 필자는 오랫동안 프로젝트를 수행하면서 천재지변이나 중대한 사고를 겪지 않았습니다. 돌이켜 보면 운이 좋았던 것 같습니다. 사고라는 것이 책임자가 통제할 수 있는 것에 한계가 분명히 존재한다는 것을 잘 알고 있기 때문입니다.

필자는 오래전부터 어떤 일이든 시작했다면 반드시 결과를 만들어 내는 습관을 가지려 노력하고 있습니다. 그것이 좋은 결과이든 다소 부족한 결과이든 상관없습니다. 중요한 것은 결과를 만들고 기록하는 것이라고 생각합니다. 부족한 결과는 교훈이 되고 좋은 결과는 다음으로 나아가는 에너지가 될 것이 분명하기 때문입니다.

하지만 결과를 내지 못한 채 멈춘다면 과정에서 소모된 소중한 시간과 에너지를 모두 잃게 만듭니다. 처음부터 계획을 온전하게 세우지 못했다는 증거이기도 합니다. 그래서 저는 늘 이렇게 다짐하고 또 되새기곤 합니다.

"시작보다 중요한 것은 끝이다."

인생이라는 것을 길게 보아도 결국 80년에서, 이제는 의학의 발달로 큰 지병을 앓지 않는다면 100년 남짓한 여정일 것입니다. 그 시간 동안 결과를 만들어 내는 삶을 산다면 그 인생은 훨씬 더 풍요롭고 견고하며 진지할 것이라고 생각합니다. 결과의 크기나 화려함은 중요하지 않습니다. 작은 결과라도 꾸준히 쌓이면 그것이 바로 성장의 흔적이자 긴 여정의 족적이 될 것이기 때문입니다.

여러분이 세우는 하루의 계획 중 몇 가지는 해내고, 몇 가지는 시도조차 하지 못했더라도 그 자체로 의미 있는 결과가 될 것입니다. 그러한 과정들이 있어야 다음 날의 계획을 세우고 또 새로운 결과를 기대할 수 있으니까요.

연세대학교 '김형석' 명예교수님은 100세가 넘으신 지금도 매일 글을 쓰며 하루를 정리하신다고 합니다. 그러한 습관은 그분의 정신을 맑게 하고, 삶을 단단하게 만들어 주는 힘이 되었을 것입니다. 과정을 기록하고 결과를 평가하는 일. 그것이야 말로 인생을 풍요롭게 하고 자기 성찰을 가능하게 하는 가장 좋은 습관입니다.

반대로 결과 없는 부스러기들로 채워진 삶은 정리되지 않은 방처럼 혼란스러울 겁니다. 결국 다음을 준비할 여력조차 잃게 될지 모릅니다. 저는 이렇게 믿고 있습니다.

"배트를 짧게 잡고 작은 결과를 꾸준히 만드는 사람이 결국 가장 큰 기회를 맞이하게 된다."

크고 완벽한 홈런을 노리기보다 하루의 작은 성취들을 쌓아 가면 언젠가 그것이 큰 폭발력으로 돌아옵니다. 선구안을 기르고 매일의 과정을 단단하게 쌓아 가면 결과는 반드시 따라온다고 믿습니다.

오늘 하루, "당신은 얼마나 견고한 과정을 통해 결과를 만들어 내셨습니까?" 그 결과가 비록 작고 사소하더라도 그것이 당신의 내일을 여는 열쇠가 될 것입니다. 결국 삶의 시간들은 과정으로 배움을 얻고 결과로 자신을 증명하는 여정일 것입니다.

"결과가 없는 과정은 추앙받을 수 없다."

...

# 브랜드를 만든다는 지독한 공허함

은퇴를 하고 난 이후의 삶이라는 것을 준비하며, 저는 오랜 동안 한 가지 질문과 마주해 왔습니다.

"과연 나 자신이 하나의 주체적인 브랜드가 될 수 있을까?"

이 질문은 단순히 자아를 탐구하는 차원을 넘어 인생 전체를 통찰해야 하는 고민이자 깊은 번뇌였습니다. 이러한 고심과 번뇌는 은퇴라는 시점을 맞닥뜨린 시점에 비롯된 것이 아니라 젊은 시절부터 마음속 깊이 자리해 있던 한 개인의 오래 된 욕망이기도 했습니다.

20대 초반 공군에 입대하여 복무하던 시절 끝이 보이지 않는 어둠 같은 시간의 흐름 속에서 저는 큰 무력감을 느꼈던 기억이 존재합니다. 그저 시간이 흘러가는 것을 바라보기에는 인생이 너무 아깝다는 생각이 들었습니다. 그래서 틈이 날 때마다 책을 읽고 기록하며 새로운 것을 배우려 노력했습니다. 그 시절 필자는 자신에게 한 가지 엉뚱하지만 큰 명제를 세웠습니다.

"국가에 봉사하고 사회에서 존경받는 기업인이 되자."

철없던 시절의 원대한 야망이었지만, 돌이켜보면 그 한 문장이 제 인생의 방향을 정해 준 첫 번째 나침반이었습니다. 시간이 흐르고 군에서 제대 후 너무나 어린 나이에 창업을 시도했으나 1년도 채 되지 않아 폐업을 해야 했습니다. 굳이 따지자면 폐업이라고 할 것까지도 없을 정도의 작은 사건이었을지도 모르겠습니다. 그러나 그 짧은 실패는 계량할 수는 없지만 '진지함'과 '성찰'이라는 경험을 주었고 지금의 자아를 형성한 중요한 경험으로 남았습니다.

돌이켜 보면, 저를 꾸준하게 성장시킨 것은 성공이 아니라 그런 실패의 기억들임이 분명합니다. 역시 "실패는 성공의 어머니"였던 걸까요? 사람이 욕망을 품고 무언가를 이루려 할 때 스스로 의도하지 않았음에도 과정과 결과가 서로 닮아 가는 순간이 있습니다. 견고한 과정들은 이미 그 자체로 하나의 작은 결과들을 만들어 내고 있었던 것 같습니다.

"욕망을 소리 내어 말하고, 글로 적어라."

이 말처럼 욕망은 표현될 때 방향성을 갖습니다. 필자 역시 그렇게 살아왔습니다. 생각을 말로 꺼내고, 글로 남기고, 행동으로 옮기며, 그렇게 표현된 욕망들이 제 삶을 이끄는 방향이 되었습니다. 그러던 어느 순간, 문득 깨달음이 있었습니다. 일부러 의도하지 않았는데도 저는 이미 스스로 자신의 이름을 내건 '브랜드'를 만들어 가고 있었다는 사실을 말입니다. 주어진 틀에 기대어 있던 존재가 아니라 자신의 욕망과 경험의 결을 스스로 단련해 온 결과라고 이야기할 수 있을 것 같습니다. 저는 그때 비로소 '진정한 자기 브랜딩'의 의미를 알게 되었다는 생각을 하고 있습니다.

저는 '브랜딩', '플랫폼', '시스템', '선한 영향력'이라는 단어들을 참 좋아합니다. 짧지만 그 안에는 세상을 바라보는 깊은 철학과 구조가 함축되어 담겨 있다고 생각합니다.

필자는 지금 이 글을 쓰고 있는 시점에도, 꾸준히 준비해 온 '부동산 투자융합'이라는 주제로 소규모 강연을 이어 가고 있습니다. 하지만 이 책이 독자 여러분의 손에 닿을 즈음에는 아마 '실용적 인문학'을 이야기하고 있을지도 모르겠습니다. 브랜드가 된다는 것은 그런 것 같습니다.

그것은 한 번 결정되고 정해진 이름이 아니라 끊임없이 진화하고 살아 움직이는 생명과도 같다고 생각합니다. 의도나 집착이 아닌 지속과 몰입이 만들어 내는 자연스러운 결과물인 것 같습니다. 스스로의 욕망을 다스리고 꾸준히 단련하며 한 걸음씩 나아갈 때 그 과정이 곧 브랜드의 본질이 됩니다. 쉽지 않은 일이고 무척 고독한 여정임은 분명합니다 필자도 스스로 이정도면 충분하다고 자신을 속이고 싶은 순간들이 많았습니다. 그만큼 지속하는 일이 힘들다는 반증이라고 생각합니다.

그럼에도 불구하고 저는 지금도 여전히 완성되지 않은 사람입니다. 여전히 부족한 사람일지도 모릅니다. 그럼에도 그 지독한 공허함 속에서 오늘도 자신을 단련하고 쌓아 올리고 있습니다. 누군가에게 작은 영감을 전달하고 현실의 문제를 함께 고민하며 함께 해답을 찾아가는 과정 속에서 오히려 위로와 긍지를 얻으며 그것이 제가 만들어 가고 있는 브랜드의 본질인 것 같습니다.

아직은 미완성일지라도 은퇴 후 미래를 걱정하는 다수의 누군가에게 용기와 희망을 전할 수 있다면 그 자체로 브랜드의 의미는 충분하다고 믿습니다. 결국 시간과 지속이 쌓인 그 순간이 '브랜드가 되어 가는 중'이라 말할 수 있을 것입니다. 특히 은퇴나 퇴직을 앞두고 있거나 이미 은퇴를 한 분들에게 좀 더 편안한 마음으로 가이드를 자청하고 싶은 생각이 많이 듭니다.

"브랜딩은 화려한 이름이나 완벽한 계획의 결과가 아닙니다."

　그저 오늘을 단단히 살아 내는 사람의 이름일 뿐입니다. 지독한 공허함을 견디며 자신을 쌓아 올리는 사람, 그 사람, 오늘 하루도 진지하게 살아 내는 여러분, 그 자체로 이미 하나의 브랜드입니다. 공허함은 결핍이 아니라 시작의 신호입니다. 그 공허함을 느낄 수 있는 사람만이 자신을 만들고 세상에 자신의 이름을 새길 수 있습니다. 해마다 겨울로 들어서는 길목에서 저는 다시 다짐합니다.

*"나는 여전히, 나를 만들어 가는 중이다."*

. . .

# 시기와 질투를 마주하게 된다는 것

필자가 경험한 것들 중에 확신하고 있는 어떤 현상이 한 가지가 있습니다. 자신이 지금 올바른 방향으로 나아가고 있고 꾸준히 성장을 이어 가고 있다는 많은 증거들 중에서 가장 분명하게 나타나는 현상 한 가지는 누군가에게 '시기와 질투를 받게 되는 순간'이라는 것인데 은퇴를 준비하는 많은 과정에서 필자가 수차례 느꼈던 감정이기도 합니다.

사람이란 본래 그런 존재인 것 같습니다. 아무리 마음이 넓고 인격이 성숙한 사람이라 하더라도 자신보다 더 단단하고 빛나는 타인을, 시기나 질투 없이 평온하게 바라보기란 쉽지 않습니다. 사람이 인격 형성이 덜 되었거나 근본이 좋지 않아서가 아니라 인간에게는 본능적으로 경쟁심과 욕망 그리고 탐욕이 깃들어 있기 때문일지 모르겠습니다.

이해 관계가 얽힌 동종 업계나, 심지어 가족이나 친구 사이에서도 이 감정은 피할 수 없습니다. 어쩌면 여러분도 한 번쯤은 스스로 느껴봤던 상황일수도 있을 겁니다. 사촌뿐 아니라 내가 아닌 누구라도 땅을 사면 배가 아픈 건 자연스런 이치가 아닐까요? 누군가의 성공과 성취를 보며, 우리 스스로도 마음 한구석이 한 번쯤은 묘하게 불편해졌던 순간 말입니다.

그렇기에 시기와 질투는 타인의 감정이면서 동시에 우리 모두가 품고 있는 내면의 솔직함일지도 모릅니다. 단 한 가지 예외가 있다면 그것은 부모와 자식의 관계라고 생각합니다. 절대적인 사랑이 존재하기 때문입니다. 그 외의 모든 인간 관계에서는 성공하는 사람이라면 반드시 어느 순간에 이르러 시기와 질투를 마주하게 되어 있습니다.

그렇다면 시기와 질투를 받고 있다는 감정이 느껴지는 순간은 어떤 때일까요? 대부분 자신이 눈에 보일 정도로 성장하고 있을 때입니다. 조용히 자신의 길을 걸으며, 조금씩 성과를 내기 시작할 때, 주변의 시선이 달라지는 것을 점차 느끼게 됩니다.

만약 오랜 시간 동안 아무런 시기나 질투의 기운이 본인에게 느껴지지 않는다면 그것은 여러분 주변의 인간관계가 성숙하기 때문이 아니라, 아직 이렇다 할 성과를 내지 못하고 있거나 본인 스스로는 인정하지 못할지 모르지만 방향성에 문제가 있을 가능성이 더 높습니다. 이

럴 때는 방향을 다시 점검하고, 전략을 수정하며, 자신이 지속하고 있는 현재 과정이나 위치를 냉정하게 바라봐야 할 필요가 있습니다.

그렇게 전략 수정을 하지 않는다 해도 일정한 시간 동안은 큰 문제가 보이지는 않으면서, 진행을 할 수 있을 것입니다. 자동차의 차축, 휠얼라인먼트가 정렬이 잘못된 상태에서도 억지로 차축을 마모시키면서도 일정 기간 동안은 방향성을 크게 잃지 않고 주행을 하지만 결국은 고장이 나는 것처럼 말입니다.

목표와 다른 방향으로 길을 계속해서 걸으면 곧 되돌아오지 못할 지점에까지 이르게 될 수도 있습니다. 그렇기 때문에 때로는 멈추고, 돌아보고 필요하다면 과감히 기수를 돌릴 줄 알아야 합니다.

시기와 질투를 받기 시작하면 그 전보다 훨씬 더 고독해질 수도 있습니다. 그러나 그것은 절대 두려워할 일이 아닙니다. 진정한 성장은 언제나 고독과 함께 찾아오기 때문입니다. 아주 오래전, 노량진의 한 기술고시 학원에서 들은 말이 아직도 생생하게 기억납니다. 첫 강의 시간에 강사가 이렇게 말했습니다.

"지금부터 여러분은 철저히 고립되어야 합니다."
"친구에게도, 가족에게도 버림받을 각오를 하십시오."

그 말의 뜻은 명확했습니다. 챙길 것 다 챙기고, 사람들과 어울리며 적당히 타협하는 마음으로는 결코 결실을 맺을 수 없다는 것이었습니다. 수십 년이 지난 지금, 그 말이 여전히 가슴에 남아 있는 이유는 진리는 늘 단순하고, 그만큼 명확하기 때문일 것입니다. 혹시 이렇게 묻는 분들이 있을지도 모릅니다.

"은퇴를 앞둔 나이에, 뭘 그렇게 절박하게 노력해야 합니까?"

당연히 그렇게 말할 수도 있습니다. 인생의 어느 시점에서는 더 이상 경쟁하거나 쫓기고 싶지 않은 마음이 들기도 합니다. 그러나 저는 감히 이렇게 말씀드리고 싶습니다. 가슴에 손을 얹고 스스로에게 물어보시기 바랍니다. 남은 시간이 자아 성찰로 채워진 고요하고 풍요로운 들판이 될 것인지 아니면 후회와 번민으로 물든 외로운 길이 되어도 괜찮은지 말입니다.

저는 지금 이 순간에도 절박함이 아주 강하게 느껴집니다.

이 원고를 써 내려가며, 여전히 외롭고 고독합니다. 많은 것을 이루었고, 다음을 여전히 준비하고 있지만 스스로가 약해지는 순간이 두려워 이 글이 마치 저 자신에게 쓰는 서약처럼 느껴 지기도 합니다.

어떤 분야에서도 진정한 전문가가 되려면 '멀티플레이어'로는 불가능합니다. 한 방향에 깊게 몰입해야 한다고 생각합니다. 시기와 질투를 감당할 각오로, 미움조차 견뎌 내며 앞으로 나아가야 합니다. 캄캄한 바다 위를 홀로 항해하는 배처럼 여러분의 목표를 향해 나아가길 바랍니다.

언젠가는 지금 여러분들을 향한 시기와 질투가 존경과 찬사로 바뀌게 될 것입니다. 그날이 오기 전까지 고독을 견디며 묵묵히 노를 저어 가시길 바랍니다.

*"모든 계획에는 때가 있는 법이다!"*

*"견뎌 내야 하는 이유다."*

... 

# 사람은 변하지 않는다는 확신

"사람은 결국 변하지 않는다."는 말이 있습니다.

살아오며 수도 없이 들었던 문장이고, 수많은 경험으로 검증해 온 말이기도 합니다. 이 말을 몇 번이고 다시 떠올리게 됩니다. 필자는 돌이켜 보면 참 오랫동안 사람을 고쳐 쓰려 애써 왔던 것 같습니다. 좋은 사람, 친한 사람, 가까운 사람과 함께 일을 도모하고 같이 성장하려 했고, 그들이 부족한 부분이 있다면 채워 주며 함께 성장하고 싶었습니다.

그러나 결론적으로 말하자면, 그것은 틀렸습니다. 사람의 근본은 결국에 가서는 변하지 않습니다. 애쓰고 달래고 끊임없이 챙겨 줘야 하는 사람과는 함께 길을 가서는 안 된다는 사실을 이제야 확신합니다. 많은 성공한 기업이나 리더의 이야기를 들어 보면 그들은 하나같이 이렇게 말합니다.

"좋은 사람, 능력 있는 사람을 곁에 두어라."

그러나 현실은 그렇게 단순하지 않습니다. 좋은 사람을 만난다는 것은 생각보다 드물고 어려운 일입니다. 게다가 능력 있는 사람이 우리 곁에 머물 확률은 훨씬 더 많이 적습니다. 결국 해답은 한 가지뿐입니다. 내가 먼저 능력 있고 좋은 사람이 되는 것. 스스로가 남들이 찾는 능력 있고 신뢰할 만한 사람이 된다면 언젠가는 서로의 눈에 띄는 날이 반드시 올 것입니다.

필자는 꽤 까다로운 사람입니다. 웬만한 일에는 쉽게 만족하지 못하기도 합니다. 자동차 한 대를 고르는 데도 몇 년이 걸립니다. "이 정도면 됐다."는 말을 좀처럼 하지 못하기 때문입니다. 그래서 지인들로부터 주변에 사람이 많이 남지 않았다는 말을 꽤 많이 오랫동안 듣기도 했습니다.

그럼에도 크게 걱정하지 않습니다. 되지 않을 인연의 끈을 잡고 있다가 결국 큰일을 겪는 사람들을 너무 많이 봐 왔기 때문이고, 그러한 결과가 좋지 않다는 것을 잘 알고 있기 때문입니다. 그래서 저는 언제나 스스로에게 말합니다.

"독자적인 솔루션을 갖춰라."

타인의 말이나 경험들이 본인에게 얼마나 유효한지를 판단하려면 본인 스스로가 현상에 대한 해석 능력과 확고한 기준이 있어야 합니다. 5년 정도의 시간을 통해 은퇴를 준비하며 필자가 세운 가장 중요한 원칙이기도 합니다.

"독자적인 솔루션을 갖춰라. 그리고 무척 강해져라."

저는 30년 넘게 직장생활을 하며 성과를 내고, 성취감을 느끼고, 보상을 받았습니다. 남들보다 늦지 않게 승진했고 조직을 이끌며 수많은 사람들을 코칭하고 멘토 역할을 했습니다. 그 과정에서 무수히 많은 인간 관계를 경험했습니다. 그 과정에서 출발선이 같았던 동료들이 시간이 지나며 각자의 길로 흩어지는 모습을 많이 지켜보았습니다.

그 경험을 통해 알게 된 사실이 있습니다. 커리어의 성취는 결국 습관들이 되어 성실하고 견고하게 쌓인다는 진리, 그리고 그 습관들은 은퇴 이후 새로운 단계로 나아가는 도약의 중요한 에너지가 되어 준다는 사실을 말입니다. 그렇지만 안타깝게도 여전히 주변을 살펴보면 커리어의 끝자락에서 어느 날 갑자기 고립되거나 현상의 유지조차 힘들어하는 동료들을 자주 보게 됩니다. 그들과의 대화 속에는 공통된 특징이 있습니다.

대화의 흐름이 앞뒤가 맞지 않고, 내용의 깊이가 얕으며 주제의 범위는 넓지만 핵심이 없습니다. 마치 변방에서 메아리만 울리는 북소리처럼, 집중됨이 없이 에너지만 흩어지는 대화가 주를 이루고 있다는 점입니다.

그런 사람들과의 만남이나 대화는, 좋은 영향과 영감을 받거나 하기보다 오히려 에너지를 소진시키고 고갈시킬 수 있습니다. 결국 대화의 내용이 현실성이 없거나 지속하지 못하는 관계는 아무 의미가 없다는 걸 깨닫게 됩니다.

"변죽만 울리는 사람은 결코 앞으로 나아가지 못합니다."

그래서 저는 여러분들에게 이렇게 이야기하고 싶습니다. 생각을 정리하고, 일목요연하게 사고하는 습관을 가져야 합니다. 시간을 소중히 사용하며 견고하게 성장하기 위해 이것만큼 중요한 일은 없습니다.

요즘은 '덕후'라는 말을 자주 듣게 됩니다. 어떤 분야를 열성적으로 파고드는 사람을 뜻하는 것 같습니다. 은퇴를 앞둔 시점이라면, 이제야 말로 자신만의 분야에서 덕후가 되어야 할 때입니다. 덕후는 단순한 마니아를 의미하지 않는다고 생각합니다. 자신의 에너지를 한 방향에 집중할 줄 아는 사람입니다. 지속할 수 있는 나만의 영역을 찾지 못했다면 그것이야말로 진짜 위기일지도 모르겠습니다.

지금 이 순간부터라도 자신을 좀더 진지하게 탐구하시기 바랍니다. 며칠 밤을 새워서라도 자신이 몰입할 분야를 찾는 걸 권하고 싶습니다. 그것이 곧 다음 시간의 중요한 시작점이 될 것이기 때문입니다.

인생의 다음 단계는 생각보다 길어졌습니다. 안타깝게도 은퇴 이후의 시간은 지금까지 살아온 시간의 절반 이상일지도 모릅니다. 필자의 친한 친구의 가장 큰 걱정은 남은 시간이 너무 길지도 모른다는 것이었습니다. 지금까지도 견디고 참으면서 힘겹게 살아왔는데 미래가 준비되지 않은 상태에서 아직도 많은 날들을 살아가야 한다는 걱정입니다.

그 긴 시간을 채우는 힘은 결국, 다른 사람으로부터가 아니라, 자기 자신에게서 나옵니다. 사람은 결코 변하지 않습니다. 그러니 누군가를 힘들여 고쳐 쓰려고 애쓰지 마십시오. 그 대신, 자신을 더 견고하게 다듬어 나가시길 바랍니다. 변하지 않는 세상 속에서 변할 수 있는 단 한 사람, 그것은 바로 자신이어야 할 것입니다.

"사람을 선택할지 기술을 선택할지 기로에 놓인다면
망설이지 말고 기술을 선택해야 한다."

"사람에게는 Output이 기대감이지만
기술의 Output은 결과이기 때문이다."

3장

⋮

# 실행

. . .

# 준비가 되었다면 실행을 해야 합니다

필자는 은퇴 이후를 준비하는데 5년 정도의 시간을 보낸 것 같습니다. 하지만 그 5년간의 시간은 단순히 '준비의 시간'만은 아니었습니다. 그 과정에서 불안과 두려움, 시행 착오와 통렬한 자기 반성과 적지 않은 성찰들이 뒤섞여 있었습니다. 때로는 방향을 잃은 듯 헤매기도 했고, 때로는 마음이 너무 앞서 넘어지기도 했습니다. 그곳은 무척 어두운 터널이기도 했고 이름 모를 숲속과도 같았습니다.

돌이켜보면 그 모든 시간이 전반부의 삶을 다듬고 다음을 준비하는 다시 오지 못할 소중한 시간이었다는 것을 이제야 알게 되었습니다. 완벽한 준비가 끝나야 출발할 수 있다고 생각했다면 저는 아마 지금도 출발선에 서서 망설이고 있는 자신을 발견하고 있었을지도 모릅니다.

모든 걸 다 알아야 시작할 수 있다는 생각은, 어쩌면 사실상 한 걸음도 내딛지 않겠다는 말과 같습니다. 그래서 저는 조금 불완전한 채로 길을 나섰습니다. 부족함을 끌어안은 채 오히려 막연하고 알 수 없는 두려움을 유일한 동반자로 삼았습니다. 넘어지고, 깨지고, 다시 일어서는 과정을 수차례 반복해야 했습니다.

하지만 그것들을 '실패'라 부르지 않습니다. 그저 다음으로 나아가는, 여러 개의 허들 중 하나를 넘는 과정이었다고 생각합니다. 왜냐하면 넘어지는 과정은 다시 일어설 기회를 주지만, 실패라고 생각하는 순간 항해를 멈추게 만들기 때문입니다. 과정은 언제나 그렇듯 필연적인 일부분이기 때문입니다.

필자는 자신을 끊임없이 탐구했습니다. 무엇을 좋아하고 무엇을 잘하며, 무엇을 하면 지치지 않는 사람인가를 말입니다. 이 부분은 아주 중요한 일입니다. 그 답은 이미 오래전부터 제 안에 있었습니다. 저는 논리와 구조를 좋아했고, 문제를 풀어내는 일에 몰입하는 사람이었습니다. 세밀 한 분석과 통제, 질서와 체계 속에서 안정을 느꼈습니다.

그래서 은퇴 후 걸어야 할 길은 자연스레 재취업이 아닌 사업이었으며 '투자와 경영'이었습니다. 그중에서도 "부동산"이라는 분야는 오랜 세월 제 곁에 머물러 있던 현실적인 도구였습니다.

아주 오래전에 있었던 이야기 한 가지를 빌리면, 필자가 초등학생이었을 무렵 어느 날에 어머니는 새집을 장만하셨다고 저녁 자리에서 이야기해 주셨습니다. 다음 날 가족들 모두 새로운 보금자리를 보러 따라 나섰고 어머니의 얼굴에서는 그동안 고생했던 많은 회한이 스쳐 가는듯 보였습니다.

그러나 그 설렘도 잠시, 우리 가족은 부동산 계약금을 모두 잃어버리는 상황을 맞이하게 되었습니다. 지금은 '도시 계획'으로 동네의 큰 도로가 되어 있지만, 당시에 계약한 집의 토지 절반 정도가 도로에 편입되는 큰 리스크를 계약 이후에 알게 되었기 때문입니다. 가족들과 어머니는 큰 충격에 휩싸였고 어머니는 눈물을 머금고 계약금을 포기하고 돌아서야 했습니다.

어린 나이에도 너무나 분해서 집주인이 살고 있는 집 대문에 돌을 던지고 도망쳤던 생각이 납니다. 기억하기에 당시 '매도자'의 직업은 공무원이었던 것으로 기억을 합니다. 지금에서야 생각해 보면 아마도 도시계획 같은 중요 정보들을 사전에 충분히 알 수 있었을 것 같습니다. 필자의 기억에서 지금도 지워지지 않는 리스크 관리 실패의 한 장면입니다 부동산 투자의 리스크 관리를 지금도 철저하게 관리하게 된 동기가 아니었을지 생각해 봅니다.

우리 사회에서 부동산은 단순한 재산이 아니라, 삶의 터전이자 누군가에게는 꿈을 담는 그릇이기도 합니다. 건설 현장에서 보낸 30년의 세월이 있었기에 저는 그 세계를 누구보다 잘 알고 있었습니다. 그것이 저에게 주어진 운명 같은 도구이자, 다시 일어설 수 있는 기반이기도 했습니다.

그렇지만 필자에게도 가장 큰 벽은 '자본'이었습니다. 부동산 투자라는 분야는 어떤 사업보다도 큰 자본이 필요한 분야입니다. 좋은 계획도, 명확한 비전도, 결국 실행을 위한 연료가 필요했습니다. 오랜 고심 끝에 다음과 같이 결단을 내렸습니다.

"혼자가 아니라, 함께하자."

신뢰할 수 있는 몇몇 지인을 신중하게 떠올렸고, 그들에게 방향과 구체적인 투자 계획을 설명했습니다. 모집금액, 구조, 리스크 등 모든 것을 투명하게 보여 주며 설득했습니다 다행히 공모는 잘되었고, '과정은 신뢰'로 '결과는 성과'로 만들어 내기 위해 많은 노력을 했습니다. 결과적으로 어느 정도의 시간이 흘러, 그 한 건의 투자 공모와 자산관리 경험이 지금의 저를 만든 결정적인 전환점이 되었습니다.

계획과 선택, 그리고 수차례의 의사 결정들을 직접하고 세무와 법무 처리까지도 스스로 통제했던 작품이었던 것 같습니다.

그 선택이 자신 있게 나아갈 다음의 길을 결정해 주었고 사람과 돈 모두를 잃지 않으며 좋은 결과와 신뢰를 쌓을 수 있었던 가장 의미 있는 도전으로 기록되어 있습니다. 여러분들도 생각과 준비가 어느 정도 갖춰졌다면 이제는 그것을 현실로 옮겨야 합니다.

로드맵은 그렇게 웅대하고 멋질 필요가 없습니다. 고상하게 보여야 하거나, 교양 있는 단어로 포장할 필요도 없습니다. 진정한 로드맵은 화려한 계획서가 아니라 여러분의 일상 속에서 능동적이며 부지런히 움직이는 한 걸음이 되어야 합니다. 보여 주기 위한 계획은 오래가지 못합니다. 그것은 다른 사람들의 흥미를 위한 계획이지, 여러분의 다음 시간을 위한 것이 아니기 때문입니다.

그래서 필자는 여러 번의 성공적인 성취를 바탕으로, 화려한 투자 대신 현실적인 '부동산 금융투자' 분야를 은퇴 후의 로드맵으로 선택했습니다. 그리고 그 안에서 시스템을 만들어 내고 선순환을 만들었습니다. 투자자를 모으고, 그 투자자가 다시 새로운 투자자가 되어 함께 성장하는 구조 그것이 필자가 만든, 작지만 견고한 시스템입니다.

생각이 정리가 되었다면 의심하지 말고, 준비가 어느 정도 되었다면 실행하면 됩니다. 그리고 가급적 이른 시간에 몇 번이고 넘어지는 걸 경험해야 합니다. 처음부터 완벽할 수 없습니다. 항상 그렇지만 길을 걸으며 체득하며 견고해지는 법입니다. 돌부리에 걸려 넘어져야 땅의 형태를 알 수 있고 비를 맞아 봐야 체온의 변화를 느낄 수 있습니다. 모든 시작은 아마추어 같은 어설픔으로부터 나오지만 그 어설픔은 두려움이 아니라, 시작했다는 뚜렷한 증거입니다.

준비가 완전하게 끝나기를 기다리지 마십시오. 그 기다림 속에서 기회는 조용히 사라집니다. 생각이 정리되었다면 그것이면 충분합니다. 지금 이 순간의 결심이 여러분들의 두 번째 시간을 여는 출발점이 될 것입니다. 어느 날 뒤돌아보며 그때 시작하길 잘했다는 말을 하게 될 겁니다.


*"그때, 그렇게 시작하길 참 잘했다."*

. . .

# 커리어의 지속

필자는 건설 회사에서 오랜 시간을 보냈습니다. 그렇다 보니 지인들과 은퇴 후의 진로에 대한 이야기를 하는 경우가 종종 있었습니다. 이해 관계자나 선후배와 주변 사람들은 저에게 당연히 이렇게 말하곤 했습니다.

"그래도 결국 건설 관련된 일을 계속하시겠죠?"

그 말이 어쩌면 당연한 질문이고 대부분 퇴직자의 일반적인 경로일 것입니다. 특히, 건설업은 특성상 기술직 중심의 산업이기에 은퇴 이후에도 일정 기간 그 경험을 필요로 하는 자리가 상당 부분 존재합니다. 특히 시공, 감리, 기술자문 같은 영역에서는 짧게는 1~2년, 길게는 3~4년 정도 경험자에게 문이 열려 있는 경우가 많습니다.

물론 최근에는 건설분야 경기가 악화되어 그 규모가 위축된 것도 사실이지만 군이 이야기하자면, 예측을 못했던 것도 아닙니다. 필자처럼 건설시공 분야에서 오랫동안 근무했다면 규모가 조금은 작고 정년의 제한이 없는 건설회사나 감리 회사로 옮겨 감리원으로 일하는 것이 일반적이고 안정된 수순입니다. 최근에 만난 직장 동료 두 사람도 각자 비슷한 직장으로 재취업에 성공하고 다시 직장 생활을 이어 가고 있다는 소식을 전하였습니다.

다행히 직장에 있을 때 임원으로 승진하여 퇴직한 경우 하도급 회사나 협력사에서 고문, 자문 등의 역할을 맡기도 합니다. 하지만 아이러니하게도 회사에서 높은 자리에 있었던 사람일수록 퇴직 이후의 커리어를 계속 이어 나가기가 더 어려운 경우를 볼 수 있습니다. 조직 안에서의 지위는 꽤 상위에 있었는지는 몰라도, 그 자리는 은퇴하기전 조직 안에서만 유효하기 때문입니다.

얼마 전 올해 7월에, 대기업 건설사에서 퇴직한 동료가 찾아왔습니다. 친구처럼 지내는 사이인데 회사마다 퇴직의 시기가 조금씩은 기준이 다르기 때문에 생일을 기준으로 은퇴를 한 모양입니다. 운이 좋아 하도급 회사의 임원으로 재취업했다고 말하며 안도하는 모습이 보였습니다.

첫 인상은 밝았지만, 이야기를 자세히 들어 보니 그가 현실에서 겪고 있는 내면의 피로가 느껴졌습니다. 그가 지금 하고 있는 일들은 주로, 퇴직 전 회사를 상대로 영업 업무를 담당하는 것입니다. 초반에는 익숙한 환경 속에서 퇴직 전 회사의 사람을 만나는 일이 수월하게 풀렸지만, 몇 달이 지나자 후배들의 눈치가 보이기 시작하고 있는듯 보였습니다. 퇴직 전 인맥의 관계가 조금씩 어색하게 변해 가는 것을 느끼고 있는 듯했고, 그를 점점 더 초조하게 만들고 있는 것 같았습니다.

"만날 수 있는 사람은 여전히 많은데, 예전 같지는 않아."

그의 말 속에는 퇴직자의 현실이 담겨 있었습니다. 그럼에도 불구하고, 그가 선택한 길은 분명 상식적이고 나름 안전한 선택입니다. 자신의 전문성과 경험을 이어 가며 점진적으로 삶의 방향을 조정해 가는 일, 그 자체로 훌륭한 전환이라고 생각합니다. 그러나 문제는 그다음입니다. 그렇게 1~3년의 시간이 지나고 나면 대부분은 다시 다음의 문 앞에서 멈춰서게 됩니다. 그때의 나이는 불과 60세 전후가 될 것입니다.

커리어가 연결된 것처럼 보였는데 재취업이라는 것이 잠시 완충의 역할만 해 주는 건 아닐까요? 이제 생각해 봐야 할 것이 분명해집니다. 다시 맞닥뜨린 그 시점에는 무엇을 다시 도모할 수 있을까요. "가장 중요한 것은 준비입니다." 단순히 재취업을 위한 준비가 아니라 '새로운 커리어의 방향'을 미리 설계하는 준비가 필요한 것입니다. 저는 강연이나 강의 중에 이런 말을 자주 합니다.

"지금 마시고 있는 우물이 마르기 전에, 다음 우물을 파기 시작하십시오."

지금의 커리어가 아무리 탄탄해 보이더라도 언젠가는 물이 마르게 됩니다. 그때 이르러서 새로운 우물을 파려고 하면 이미 체력도, 시간도, 에너지도 부족해집니다. 우리는 늘 다음 우물을 준비해야 합니다. 그것이 곧 '두 번째 커리어'의 출발선입니다. 퇴직 전후의 시기는 삶의 방향을 재정비하기에 가장 중요한 시점입니다.

이 시기에는 이미 가족을 안전하게 부양했고, 자녀도 사회에 진출했을 가능성이 높습니다. 가계의 지출이 조금은 줄어들고, 삶의 리듬은 어느 정도 여유가 생깁니다. 이제는 '많은 소득'이 아니라, '지속 가능한 일상'이 더 중요한 시점이 되는 것입니다.

거창한 성취가 아니라, 스스로의 통제 아래에서 일하고 작지만 꾸준한 성취감을 느낄 수 있는 구조. 그것이면 충분합니다. 그리고 그 기반에는, 당신이 쌓아온 커리어의 뿌리가 중요한 역할을 할 것은 분명합니다. 수십 년간 갈고 닦은 경험이 은퇴 이후의 삶을 지탱하는 토양이 된다면 그것보다 든든한 자산은 없을 것입니다. 지금 여러분이 아직 현역이라면 커리어를 소모품이 아닌 '자산'으로 바라보기를 권하고 싶습니다.

매일의 업무 속에서도 경험의 흔적을 남기고, 기록하며 그 흔적과 기록들을 다음 단계의 자양분으로 삼으시기 바랍니다.

여러분의 커리어는 끝나지 않습니다. 다만 형태를 바꾸어 이어질 뿐입니다. 이제는 그 커리어가 당신을 지탱하던 도구에서 당신의 인생을 확장시키는 '도구'가 되어야 할 때입니다.

지금의 우물이 마르기 전에, 다음 우물을 파기 시작하십시오.
그것이 두 번째 커리어를 만드는 가장 현명한 방법입니다.

*"커리어는 여전히 지속된다."*

. . .

# 칼날을 잡는 우를 범한다면

"충분히 생각했고, 철저히 준비했다."

준비하고 노력하는 사람들은 늘 이렇게 말합니다. 생각과 준비가 아무리 완벽해도 그것들을 실행으로 옮기고 결과를 만드는 일은 전혀 다른 차원의 문제입니다. 얼마 전, 사무실에 한 분이 찾아오셨습니다. 대기업에서 희망퇴직을 하고 적지 않은 퇴직금을 받아 실업급여를 받으며 앞으로의 길을 모색하고 계신 분이었습니다.

퇴직을 결심하기 전, 오랜 시간 고민했고 "지금이 가장 좋은 타이밍이다."라는 판단 끝에 회사를 떠났다고 했습니다. 하지만 1년이 지난 지금, 그는 여전히 자신이 생각해 왔던 궤도에 진입하지 못한 채 연신 불안한 표정으로 제 앞에 앉아 있었습니다.

그분은 예전부터 필자가 진행하고 있는 '현금흐름 만들기' 세미나를 수강하신 분이었습니다. 그만큼 의지가 강하고, 생각과 준비도 나름대로 되어 있는 분이었습니다. 하지만 대화를 나누며 느낀 점은 표면적으로는 준비가 되어 있는 듯했지만, 조금 더 깊이 들어가 보면 여전히 준비 과정이 부족한 듯했습니다. 특히, 주변의 이런 저런 권유와 제안에 흔들리고, 여러 사람과 협업하려는 계획에 지나친 기대감이 자리하고 있었습니다. 무엇보다, 그분의 눈빛 속에는 조급함이 스며 있었습니다.

아주 오래전 필자가 첫 번째 사업을 위해 '대기업 직원'이라는 타이틀을 벗어 던지고 창업을 했을 때의 일입니다. 친하게 지내던 협력업체 대표님을 찾아 이런저런 사업과 관련한 조언과 협조를 부탁하는 자리였습니다. 이야기 끝에 충고로 전해 주셨던 그 말을 세월이 많이 흐른 지금에도 생생하게 기억하고 있습니다.

"대표님, 아직 힘이 덜 빠진 것 같습니다."

그 얘기는 아직도 대기업 물이 덜 빠져서 한껏 으스대고 있었다는 말과 함께 너무 조급하게 덤벼들고 있다는 진심 어린 충고였던 것 같습니다. 아주 오래된 일인데 지금도 마음속 깊이 새겨져 있는 소중한 순간입니다.

조급함은 특히 은퇴 이후의 삶에서 가장 경계해야 할 '적'입니다. 그러한 조급함은 의사결정을 위한 판단을 흐리게 하고 냉철해야 할 순간에 불필요한 감정을 개입시킵니다. 결국 자신이 칼 자루를 쥐고 있다고 착각을 하지만 사실은 머지않아 칼날 위에 위태롭게 서 있는 자신을 발견하게 될 가능성이 아주 높습니다. 그 순간부터 삶은 무척 위험해질 수 있습니다.

오랜 시간 세운 전략과 계획은 빛을 보지 못한 채 문제 해결에 쫓기며 허겁지겁하다가 무너질 수도 있습니다. 겹겹이 쌓인 리스크와 총탄처럼 날아드는 수많은 선택들 속에서 스스로를 탓하며, 후회와 불안이 교차하게 될지도 모릅니다. 필자는 언제나 바이오리듬의 기준을 80% 수준으로 유지하려고 합니다. 과도한 흥분도, 지나친 낙담도 늘 경계합니다. 좋은 일이 생겨도 크게 들뜨지 않고 나쁜 일에도 쉽게 무너지지 않으려 애씁니다.

심장의 박동이 일정하게 흐르는 상태, 그 평온함 속에서 비로소 문제를 냉정하게 바라볼 수 있고, 감정을 통제하며 가장 현실적인 해결책을 찾을 수 있습니다. 주변을 보면 감정의 기복이 유독 큰 분들이 많습니다. 좋은 날에는 세상을 다 가진 듯 환히 웃다가, 조금의 어려움이 닥치면 한없이 주저앉습니다. 그분들은 문제를 객관적이고 냉철하게 관찰하지 못합니다.

'상황을 분석하는 능력'보다, '감정에 휩쓸리는 본능'이 앞서기 때문입니다. 하지만 나이가 들고 은퇴 이후의 비즈니스에서는 이 작은 감정의 진폭이 치명적인 결과를 가져올 수도 있습니다. 조급함은 한순간에 이성을 앗아가고 그 순간 내린 결정은 곧 후회로 이어질 가능성이 매우 높습니다.

어제 저녁 오랜 지인들과 함께 하는 조촐한 저녁 모임이 있었습니다. 한 분이 오랜 고민 끝에 작은 투자를 결정했다고 내용을 소개하였는데 나머지 분들의 표정만 보아도 좋은 선택이 아니라는 것을 어렵지 않게 알 수 있었습니다. 투자자가 직접 통제할 수도 없는 잘 모르는 분야에 얹혀 가는 선택을 한 것처럼 보였습니다. 물론 좋은 결과를 기대해 보지만 쉽지 않을 것 같은 생각이 들었습니다. 어떤 조급함으로 인해 타인을 쉽게 신뢰하고 기대려는 선택으로 보였습니다. 좋은 결과를 기대하고 문제없이 진행되기를 바라 봅니다.

가상의 주식투자대회가 있었습니다. 큰 상금을 걸고 모 증권사에서 개최한 대회였는데 한 달 동안 치루어진 가상 투자 대회에서 우승한 사람은 단, 한 번도 주식 거래를 하지 않은 사람이었다는 우스개 이야기가 있습니다. 이렇듯 매순간, 매번 무언가 결정을 해야만 하는 것은 아닙니다. 때로는 아무 결정도 하지 않는 것이 성급한 결정보다 백 배는 낫습니다. 행동이 지혜보다 앞서면 반드시 상처를 남깁니다.

애초에 칼날을 잡으려 했던 결심은, 칼날 위에 서게 되는 그 순간부터 벗어나는 날까지 긴 고통을 동반합니다. 그러니 멈추십시오. 지금 당장 내일을 위한 선택을 결정하지 않아도 괜찮습니다. 충분히 준비되었다면 기회는 반드시 지속적으로 찾아옵니다. 그때는 조급함이 아닌 평정심으로 감정이 아닌 통찰로, 그 기회를 쥐게 될 것입니다.

은퇴 이후의 시간들은 속도가 아니라 균형의 문제입니다. 조급함 대신 평정심을, 과도한 열정 대신 지속적인 실행을 선택하시기를 권합니다. 그래야 늘 칼날이 아닌 칼자루를 잡는 자기 주도적인 통제권을 갖출 수 있습니다.

"조급함은 마음의 적입니다.
"아무 결정도 하지 않는 하루가,
잘못된 결정보다 백 배는 나을지 모르겠습니다."

. . .

# 퇴직 예정자

얼마 전, 회사에서 정년퇴직 예정자들을 대상으로 진행하는 교육이 있다는 공지를 받았습니다. 의무 참석은 아니었지만 교육의 내용보다는 오랜 시간 함께한 동기들의 얼굴을 한 번 더 보고 싶었기에 참석하기로 했습니다.

평년보다 훨씬 많은 인원이 모였고, 교육은 이틀 간의 일정으로 진행되었습니다. 노령연금, 건강보험, 실손보험 등 대부분, 관련 공단에서 파견된 강사들의 실무적 내용들로 진행이 되었습니다. 참석자들은 유심히 듣고 메모하며, 각자의 미래를 조용히 고민하고 있는듯 보였습니다. 필자와 같은 나이의 동기들이었지만, 모두의 표정에는 무언가 비슷한 불안감들이 엿보였습니다.

"아직 일할 수 있는 나이인데, 이제 정말 회사를 떠나야 하는구나."

그 씁쓸함이 교육장 안을 가득 채우고 있었습니다. 몇몇과 대화를 나누다 보니 한 가지 공통된 생각들을 하고 있다는 것을 알게 되었습니다.

"직장에서는 오래 있었지만, 사회에 대해서는 너무 아는 것이 없다."
"은퇴 후의 방향을 정하지 못해서 불안하다."

그 마음을 잘 알고 있습니다. 다만 안타까운 것은, 퇴직을 앞둔 이 시점에 와서조차 이제서야 '무엇을 해야 할지 고민을 하고 있다는 사실이었습니다. 물론, 지금에 와서 고민을 시작하는 것은 분명, 아니라는 것을 잘 알고 또 그렇다 해도 늦었다고만 말하고 싶지는 않습니다. 그러나, 한편 솔직히 말해 너무 늦은 것도 사실입니다. 필자는 오래전부터 하나의 습관을 지켜 왔습니다.

"내 인생의 1년은 10월까지, 한 달은 25일까지다."

그 말의 뜻은 늘, 조금 먼저 준비하겠다는 뜻입니다. 그래서 퇴직을 훨씬 앞둔 시점부터 은퇴 이후의 삶을 설계해 왔습니다. 생각을 정리하고, 방향을 잡고, 가능한 한 빨리 실행에 옮겼습니다. 퇴직 예정자 교육에 참석한 100여 명의 퇴직을 앞둔 사람들 중, 과연 몇 명이나 제2의 삶이 준비되어 있을까요? 그래도 나름 유명한 브랜드의 회사 출신들이어서 각자의 시기는 좀 다를 수 있겠지만 자리들을 잘 잡을 것이라 생각합니다.

평소에도 저는, 항상 한 가지의 질문이 머릿속을 떠나지 않았습니다. 요즘 60세는 결코 사회적으로 '당연한 은퇴의 나이'가 아니라는 점. 오히려 커리어의 방향이 바뀌는 전환점 혹은 삶의 두 번째 챕터가 시작되는 나이라 할 수 있습니다.

며칠 전 2025 APEC KOREA 행사에서 엔비디아의 젠슨황 회장이 연설하는 것을 보았습니다. 그의 나이는 우리 나이로 예순여덟. 여전히 힘차고 역동적이며 미래 지향적임을 느낄 수 있었습니다. 세계 기술 산업의 패러다임을 바꾸는 인물로, 무려 7천조 원의 기업을 이끌고 있었습니다. 경제적 규모를 떠나, 그 나이에도 여전히 도전하고 성장하는 그 자세가 무척 존경스러웠습니다. 그 모습을 보며 다시금 확신할 수 있었습니다.

"은퇴란, 커리어가 끝나는 것이 아니라 여전히 지속되는 또 하나의 터닝 포인트다."

물론 한평생을 조직 안에서 보낸 세대에게 "이제는 좀 쉬어야 한다."는 말은 너무나 자연스럽습니다. 하지만 냉정하게 말해, 지금의 사회는 쉬는 것조차 재앙이 될 수 있는 구조입니다.

　퇴직 이후에는 노령연금을 통해 일정 부분 노후를 보장 받는다고 하더라도, 건강보험료나 부동산 세금과 같은 현실적 부담은 오히려 더 커질 것으로 생각됩니다.

　예를 들어, 퇴직연금을 수령하는 시점이 되면 대부분의 정년 퇴직자들은 건강보험 피부양자 자격이 박탈되어 '지역가입자'가 됩니다. 기준을 초과하는 자산이 있기 때문일 수도 있고 노령연금의 수령 액수가 기준을 넘는 경우가 많기 때문입니다. 이렇다할 수입이 없는데도 보험료는 정기적으로 부과되는 시스템 때문입니다.

　이런 현실 앞에서 가장 확실한 대비책은 단 하나, 퇴직 전에 방향을 잡고 준비하고 실행하는 것입니다. 즉 채취업을 하거나 창업을 하는 것이 방법일 수 있습니다. 어떤 분이 건강 보험료 부담 때문에 '주유소 알바'라도 해야 된다는 말을 하는 걸 보면서 현실로 다가왔던 적이 있습니다.

　저는 오랜 직장 생활을 하면서도 끊임없이 "퇴직 이후 무엇을 할 것인가?"를 고민해 왔습니다. 그래서 비교적 이른 시기에 재취업 대신 창업의 길을 선택할 수 있었던 것 같습니다. 한편으로는 오래전에 실패한 사업의 경험들이 자양분이 된 것도 사실입니다. 그리고 지금, 필자의 이름을 앞에 걸고 회사들을 운영하고 있습니다. '부동산투자연구소', '실물투자 법인' 또 하나는 '자산운영' 회사입니다. 각각의 회사는 유기적으로 연결되어 하나의 종합적인 시스템을 이루고 있습니다. 함께하는 사람들은 '주주', '실물투자자', '금융 투자자', '세무사', '변호사', '법무사' 등 각자의 전문성을 가진 협력자들입니다. 준비를 차근차근 오래 해 왔기 때문에 각 분야별로 전문성을 확보하고 견고하게 경영을 할 수 있게 된 것 같습니다. 지금은 각각의 분야에 대해서 도움이 필요한 많은 분들에게 경험을 나눠주고, 그분들도 은퇴 이후의 자기 시스템을 만들어 갈 수 있도록 해 드릴 수 있다는 것 또한 커다란 보람이고 성취라는 생각입니다.

또한 지속적인 교류를 통해 '교육', '세미나', '강연'들을 사업 영역으로 확장하며, 지속 가능한 경영과 후진 양성을 병행하고 있습니다. 저는 회원들과의 만남과, 필자가 리딩하고 있는 투자 커뮤니티 회원들과의 모임에서 종종 이런 말을 합니다.

"하루아침에 만들어지는 것은 없습니다."

"지금은 작은 한 걸음이지만, 꾸준히 내딛는 그 걸음들이 머지않아 여러분들을 가족으로부터, 주변으로부터 존중받고 존경받는 삶을 만들어 줄 것입니다."

돌아보면 필자의 첫걸음은 '생각'이었고 그 생각이 '준비'로 이어졌으며, 결국 '실행'으로 연결되어 지금의 현재가 만들어진 것입니다. 퇴직의 문턱에서 머뭇거리지 마십시오. 생각이 정리되었다면 준비하시고 준비가 되었다면 반드시 실행하시길 바랍니다. 그 한 걸음이, 앞으로의 10년을 결정짓습니다.

*"마침은 다른 시작이다."*

· · ·

# 리프레쉬

아주 오래전부터 혼자만의 여행을 꿈꾸어 왔습니다. 지금 하고 있는 일 대부분이 온라인 기반의 비대면 시스템 위에서 운영되기 때문에 장소에 구애받지 않고 일할 수 있습니다. '디지털 노마드'의 흉내를 내 보려고 했던 것도 같습니다. 그렇기에 이번엔 조금 용기를 내어 '혼자 떠나는 일주일'을 실험해 보기로 했습니다.

이 글을 쓰고 있는 지금, 저는 제주도 한라산이 보이는 카페에 앉아 있습니다. 시원하고 맑은 공기와 진한 커피 향 사이로 키보드 소리가 섞여 들립니다. 늘 주어지는 소소한 컨설팅과 자문업무 등을 처리하면서 생각을 정리하고, 잠시 멈추어 숨을 고르기 위해 떠나 온 여행입니다.

혼자 낯선 곳에 머무는 것은 처음이지만, 첫날을 무사히 보내고 나니 스스로가 제법 괜찮은 동행이 되어 주는 것 같습니다. 바로 '나' 자신이라는 동행자.

사실 저는 '리프레쉬'라는 개념 자체를 모르고 살아왔던 사람입니다. 회사에서는 운이 좋았는지 하나의 프로젝트가 마무리되기도 전에 항상 다음 프로젝트 임무를 맡게 되었습니다. 그렇게 늘 일이 우선이었고, 늘 새로운 계획들이 앞섰습니다. 쉬어야 한다고 생각하면서도 막상 쉬면 오히려 불안해졌습니다. 그래서 언제나 '해야 할 일'을 만들어 놓고 그 일을 해내는 과정을 통해 안정을 찾았던 것 같습니다.

얼마 전 아들이 이런 말을 했습니다. "아버지처럼은 살지 못하겠지만, 그렇게 살고 싶지 않아요." "일을 너무 많이 만들고, 쉬는 시간을 갖지 않잖아요."

그 말이 가슴에 오래 남았습니다. 아이러니하지만 일을 줄이기 위해 시스템을 만들고, 일을 대신할 구조를 연구하며 결국 '일을 줄이기 위한 또 다른 일'을 하고 있는 제 모습을 떠올렸습니다. 하지만 그것도 어쩌면 자기다운 것인지 모르겠습니다. 몰입할 수 있는 에너지가 아직 남아 있다면 그 에너지를 완전히 소진하기보다 지속 가능한 시스템으로 전환하는 것이 지금 제가 다시 준비해야 하는 일이라 생각합니다.

퇴직 이후의 시간들 속에서 '일'과 '취미'의 차이는 몰입의 차이라고 생각합니다. 일은 결과를 내야 하지만, 취미는 그 자체로 충분합니다. 저는 지금 그 경계선에서 '모순'처럼 몰입을 줄이기 위해 몰입하는 시간'을 보내고 있습니다. 지금 하고 있는 자신의 에너지를 많이 쓰지 않아도 저절로 굴러갈 수 있도록, 스스로의 존재가 사라져도 운영되는 구조를 만드는 것. 그것이 지금의 목표이자 마지막 숙제입니다.

직장 생활을 오래 하신 분들이라면 아마 공감하실 내용이 있습니다. 퇴직 전에는 늘 '해야만 하는 삶'이었다면 퇴직 후에는 반드시 '선택하는 삶'이 되어야 한다는 것입니다. 우리의 에너지는 점차 줄어들고 결과를 낼 수 있는 확률이 많이 줄어 들기 때문입니다. 그 차이가 인생 후반의 품격을 결정하는 중요한 방향이라 생각합니다.

얼마 전 퇴직예정자 교육에서도 가장 비중 있게 다뤄진 주제는 역시 경제적 문제였습니다. 노후 준비의 핵심은 결국 경제력입니다. 돈의 많고 적음도 물론 중요하지만 돈, 즉 자산이 '움직이며 일하는 구조'를 만들어 놓았는지 그렇지 않은지의 차이는 아주 큽니다. 하물며 퇴직 이후에도 노동을 해야 하는 많은 사람들도 있습니다.

자산이라는 것을 두 가지로 구분할 수 있겠습니다. 하나는 곳간형 자산, 다른 하나는 우물형 자산입니다. 곳간형 자산은 시간이 갈수록 줄어드는 자산, 즉 예금처럼 잠자고 있는 돈을 말합니다. 반면 우물형 자산은 자산이 스스로 일하게 만들어 자산을 소비하고 시간이 지나도 그 양이 유지되거나 불어나는 구조를 말합니다.

필자는 아주 오래전부터 '우물형 자산' 시스템을 연구하고 실험해 왔습니다. 그 결과 지금은 '자산운용'과 '투자 시스템'을 기반으로 한 비즈니스 모델을 완성했고 많은 투자자들과 함께 이 시스템을 공유하며 성과를 만들어가고 있습니다. 자산이 스스로 일하는 구조를 갖추면 은퇴 이후의 시간들은 '불안'이 아니라 '자유'로 바뀝니다.

여행 둘째 날, 제주에 사는 오랜 후배를 만날 예정입니다. 후배는 필자의 젊은 날 사업 실패로 아픔을 함께한 '동지'이기도 합니다. 한편에 미안한 마음이 항상 떠오르는 그런 인연입니다. 시간이 많이 흘렀지만, 여전히 반가운 인연입니다. 그 만남이 또 하나의 '리프레쉬'가 되어 줄 것 같습니다. 어느 날 문득 떠나 온 여행이지만 단순한 휴식 이상의 의미로 남을 것 같습니다.

일상을 잠시 멈추고 자신을 들여다보며, 다음 도약을 준비하는 시간이며 다시 전진하기 위한 멈춤도 필요한 이유입니다.

"때론 쉬어 가는 일상이 필요하다."

. . .

# 우물형 시스템을 설계하다

은퇴 이후의 삶에서 가장 중요한 것은 단연코 '경제적 자립'입니다. 앞서 말한 '곳간형 자산'과 '우물형 자산'의 차이를 분명히 이해하는 것이 자립의 출발점이었습니다. 저는 이 개념을 중심으로, 은퇴 이후에도 스스로 순환하고 작동하는 시스템을 설계했습니다.

대부분의 직장인들은 근로소득을 기반으로 다양한 재테크를 하곤 합니다. '주식', '펀드', '부동산 임대사업', '달러', '금' 심지어 암호화폐까지. 저 역시 이 모든 투자수단들을 경험했습니다. 하지만 시간이 흐르면서 깨달은 것이 하나 있습니다.

"나이가 들어도 유지 가능한 투자란 무엇일까?"

신체적·정신적 에너지가 줄어들수록, '리스크'를 감당하는 일은 점점 버거워지기 마련입니다. 주식은 변동성이 커서 수시로 감정이 따라

붙고 임대사업은 세금과 규제, 그리고 세입자 관리라는 피로가 따릅니다. 필자는 다행히 그동안 쌓은 커리어 덕분에 '건설·리모델링' 분야의 실물 '부동산 투자'를 꾸준하게 해 왔지만 결국 현금 흐름의 불안정성과 유지관리의 복잡한 다양함이 수시로 발목을 잡았습니다. 부동산 '재건축', '재개발'에 투자한다는 것은 오히려 젊은 나이에 투자하는 것이 맞습니다. 결과를 내는 데까지 10년, 20년 정도의 시간이 걸리기 때문입니다. 나이가 들어 이런 사업에 투자한다면 결과를 보지 못하면서 과정에서 모든 리스크를 감당해 내야 할 것이기 때문입니다.

그래서 저는 한 가지 결론에 도달했습니다. "부동산 실물 투자는 유지하되, 주된 수익은 금융투자로 전환해야 한다."고 말입니다. 저는 오랜 경험을 바탕으로 '부동산 채권화 모델'을 설계하기 시작했습니다. 즉, 건물을 직접 소유하고 임대료를 받는 대신, 부동산을 담보로 설정된 '근저당 채권'을 통해 안정적 현금 흐름을 만들어 내는 구조였습니다. 권리가 명확하고, 법적으로 보전되며, 리스크를 통제할 수 있는 시스템입니다. 책을 통해 자세한 가이드를 할 수 없지만 세미나와 교육, 강의 등을 통해 많은 분들에게 소개를 해 드리고 있습니다. 많은 분들이 '이메일'이나 '블로그'를 통해 필자와 소통하며 시스템을 만들어 가고 있는 중입니다.

그것이 제가 구상한 우물형 자산의 핵심이었습니다. 이 시스템을 만들기 위해 1년 가까운 기간 동안, '인허가 절차', '법률 검토', '세무설계' 등을 반복하며 'Alex부동산투자연구소'를 기반으로 '금융과 실물의 융합'이라는 연구와 실행 준비를 했습니다. 그리고 마침내 합법적이고 투명한 채권 투자 구조를 완성했습니다. 그동안의 연구와 시행착오의 기록들은 '블로그 Alex부동산투자연구소'의 데이터베이스에 고스란히 남아 있습니다. 이 연구소는 단순한 정보의 집합이 아니라 "생각과 실행의 실험실이며 기록 보존의 창고"입니다.

필자는 이곳에서 '금융과 부동산'을 결합한 '투자 융합 시스템'을 완성했고 이를 통해 많은 투자자들이 스스로 우물형 시스템을 만드는 방법을 터득해 가고 있습니다. 지금 제가 설계한 이 시스템은 단순히 돈을 버는 구조가 아닙니다.

"그 안에는 중요한 철학이 있습니다."

'자산이 일을 하고, 사람은 생각을 하고 통제를 하는 구조.' 즉, '사람이 자산을 굴리는 시대'에서 '시스템이 자산을 굴리는 시대'로의 전환입니다. 현재 저는 이 시스템을 바탕으로 '자산운영회사'와 '부동산 실물투자회사' 그리고 '금융 투자회사'를 함께 경영하고 있습니다. 각 조직은 하나의 톱니처럼 맞물려 작동하며, 투자자들에게 안정적인 수익과 성장의 솔루션을 제공하고 있습니다. 세미나와 강연을 통해 이 시스템을 공유하며 많은 사람들에게 은퇴 후 '경제적 자유'를 경험하게 하는 것이 지금 제가 하는 일의 최우선 본질입니다.

저는 이 우물형 자산 시스템을 하나의 두뇌처럼 생각합니다. 직접 세우고 만들었지만, 이제는 스스로 움직이고 성장합니다. 그 안에서 수많은 사람들이 지금의 시스템을 도구로 자신의 목표를 이루고 걱정과 불안을 내려놓고, 다시 자신만의 시스템으로 전환하고 있습니다. 결국 우물형 시스템을 만든다는 것은 단순히 돈을 버는 구조를 만드는 것이 아니라 '지속 가능한 삶의 구조'를 설계하는 일입니다.

"곳간의 곡식은 줄어들지만, 우물의 물은 퍼 올릴수록 맑아진다." 지속 가능한 경제적 자립의 해답은 바로 여기에 있습니다.

*"'자신만의 시스템을 설계한다면.'*
*당신의 삶을 끝까지 지켜 줄 것입니다."*

# 월요일에 여가를 보냄

. . .

"평일이나 한가한 월요일에, 아무 일 없이 여가를 보내면 어떤 기분일까?"

오랫동안 직장 생활을 하면서 자주 떠올렸던 한 가지 생각이었던 것 같습니다. 직장인에게 월요일은 늘 가장 무거운 요일이었습니다. 새벽같이 일어나 회사로 향하고 하루 종일 회의와 보고로 시간을 보내다 보면 퇴근길에는 온몸의 에너지가 다 빠져나갑니다. 주말은 늘 짧았고, 제대로 쉬기도 전에 다시 월요일이 찾아왔습니다.

그래서일까요. 월요일에 여유롭게 골프를 치거나 카페에서 책을 읽는 사람들을 보면 그 모습이 참 부러웠습니다. 조용한 도로, 저렴한 이용료, 한가로운 분위기와 산뜻한 공기 "언젠가 나도 저런 월요일을 살아 보고 싶다." 그런 바람이 늘 마음 한편에 자리하고 있었던 것 같습니다.

이제는 그런 바람이 조금은 현실이 되었습니다. 물론 은퇴 이후의 삶도 여전히 긴장되고 분주하지만, 그 긴장과 분주함은 '누군가에게 쫓기는 환경'이 아니라 스스로 통제가 가능한 주도적으로 만들어 내는, 새로운 일상입니다.

월요일 아침, 여전히 일을 시작하지만 회사로의 출근길 대신 카페 창가를 선택합니다. 한 주의 계획을 점검하고 중요한 일과 바쁜 일을 체크하며 여유로운 출발을 할 수 있습니다. 시스템이 만들어 준 여유입니다. 오랜 시간 준비하고 설계한 우물형 자산 시스템 덕분에 이제는 자산이 스스로 일하고 저는 그 흐름을 통제하고 관리하는 데 집중합니다.

하루에 한두 시간, 한 달에 일주일만 시간을 투자해도 안정적인 현금 흐름이 이어지도록 하는 것이 시스템의 본질입니다. 이것이 제가 생각하는 은퇴 이후의 진짜 자유입니다. 시간과 장소의 제약에서 벗어나, 스스로 설계한 시스템이 만들어 주는 안정 속에서 주도적인 삶의 균형을 유지하며 건강한 삶을 만들어 내는 일.

필자가 시스템을 설계한 이유 중에 다른 중요한 몇 가지를 소개해 보겠습니다. 창업을 하고 견고한 로직을 만들어 가는 과정에서 다음 세 가지를 절대 기준으로 삼고 출발을 했습니다.

"첫째, 타인을 설득해야 하는 일을 하지 않는다."
"둘째, 타인을 이해시켜야 하는 일을 하지 않는다."
"셋째, 타인에게 사정해야 하는 일을 하지 않는다."

위 세 가지는 필자가 재취업이 아닌 창업을 결정하면서 가장 중요하게 생각했던 부분입니다. 나이가 들어 직장에서나 억지스럽게 하던 일을 은퇴후에도 이어 간다는 것은 절대적으로, 반드시 회피하고 싶었기 때문인 것 같습니다.

주변을 돌아보면 퇴직 이후에도 재취업을 고려하는 분들을 많이 만납니다. 하지만 다시 조직으로 돌아가 오랜 시간 에너지를 쏟는 일은 육체적으로나 정신적으로 결코 쉬운 선택이 아닙니다. 그보다는 혼자만의 시간과 노력으로 지속 가능한 구조와 시스템을 만드는 일이 훨씬 현명한 길일지도 모릅니다.

물론 쉬운 일은 아닙니다. 자산이 일을 하게 만드는 시스템을 구축하는 것은 단순한 투자보다 훨씬 많은 준비와 몰입이 필요합니다. 하지만 방향만 제대로 잡는다면 누구나 자신만의 시스템을 만들어 낼 수 있습니다. 필자 역시 그 길을 오랫동안 걸어왔습니다.

처음에는 끝을 알 수 없는 긴 터널 같았고 실패와 고독의 시간을 많이 견뎌야 했습니다. 하지만 꾸준히 '생각하고', '준비하고', '실행하며' 지금은 제가 만든 시스템이, 그렇게 보내 왔던 소중한 시간들을 다시 제 자신에게 돌려주고 있습니다. 지금은 일보다 삶의 리듬을 더 소중히 여기며 월요일 아침을 '여가의 시작'으로 맞이합니다.

그 여유 속에서 다시 새로운 일을 구상하고, 좋은 사람들과 연결되며 시스템이 선한 영향력을 미칠 수 있도록 점검하고 기록하며 알리고 있습니다. 이제 여러분들께도 말씀드릴 수 있습니다.

"여러분의 월요일을 다시 설계하십시오."

일을 줄이고, 에너지를 보존하며, 평일 한가한 시간 속에서 당신의 다음 시간들을 준비하시길 바랍니다. 그것이 진정한 의미를 갖는 은퇴 이후의 풍요로움입니다.

"시스템이 시간을 되돌려주다."

# 사업소득을 만들어야 할 때

직장생활을 오래한 퇴직자에게 '사업'이란 단어는 여전히 낯설고 두렵습니다. 오히려 정년퇴직을 앞두고 갑자기 용감해지는 것은 매우 위험한 일이며 아무런 준비 없이 용감해지는 것은 더 큰 위험을 마주할 수 있습니다.

저 역시 직장 생활을 하며 수많은 선배들이 퇴직 후 자영업을 선택하는 모습을 보았습니다. 그들은 나름의 조사와 분석, 철저한 손익분기점 계산을 거쳐 신중히 시작했지만 얼마 지나지 않아 매일같이 가게 문을 열고 닫는 일상 속에서 그토록 철저하게 분석하고 준비했던 자료와 계획은 어디론가 사라져 버린 듯 보였습니다.

손님이 오지 않는 가게에서, 평생 전업주부로 지내던 배우자와 함께 종일 앉아 있는 모습. 그것은 누구의 잘못도 아니지만, 현실의 냉혹함을 보여 주는 장면입니다. '프랜차이즈'라 해서 예외가 아닙니다. 매출은 발생하지만, 본인의 인건비조차 가져가지 못하는 경우가 허다하다고 합니다. 오히려 '프랜차이즈'는 어쩌면 게으른 사람들이 손쉽게 선택하는 자영업의 한 종류일지도 모르겠습니다.

최근에 유독 자주 올라오는 기사를 보면 자영업자의 폐업률이 사상 최대치라는 내용들을 쉽게 접할 수 있습니다. 예기치 못한 경기 침체나 '팬데믹' 같은 외부 변수는 퇴직으로 생긴 여유마저 한순간에 무너뜨릴 수 있습니다. 이 모든 것은 '준비되지 않은 용기'가 얼마나 위험한지를 말해 줍니다.

저는 몇 번의 창업을 통해 사업을 하며 한 가지 중요한 철칙을 세웠습니다. "돌다리를 두드려 보는 것은 기본이고, 때로는 돌을 뒤집어 보고, 냄새도 맡고, 혀끝으로 맛까지 보고 나서야 건너라."입니다. 과도한 예민함이라고 느껴질지도 모릅니다. 하지만 필자가 그만큼 조심스러워진 이유는 과거의 아픈 경험 때문입니다.

한 번의 판단 착오로 가족이 큰 위기에 처했던 시절이 있었고, 그 기억은 지금까지도 모든 것으로부터 강한 경계심으로 자리하고 있습니다. 이제는 저도 여러분도 나이가 적지 않게 들었습니다. 젊은 시절의 그때와는 다르게 한 번 넘어지면 다시 일어설 여력이 없다는 걸 잘 알고 있습니다. 그래서 저는 항상, 다른 사람들이 건너는 모습을 충분히 지켜본 뒤 한 걸음씩 나아갑니다.

그렇다면 정말 지금이 '사업을 해야 할 때'일까요? 깊이 생각해 볼 문제입니다. 퇴직자의 대부분은 '근로소득자'였습니다. 한 달 동안 일하고 받는 월급에는 이미 '4대 보험'을 비롯해서 소득세 등이 '원천징수'로 빠져나갑니다. 심한 경우에는 결국 연봉의 절반 가까이 세금과 공제로 사라진다는 사실을 모르는 사람은 없습니다. "월급쟁이의 지갑은 유리 지갑이다"라고 말하는 이유가 이런 연유일 것이라 생각합니다.

더 놀라운 것은 그 만큼의 '원천공제'를 하고 받은 세후 소득을 일상생활에 사용하면서 '지방소득세', '교육세', '방위세', '국방세', '주류세' 등 등 또 다른 명목의 세금들을 납부하고 있다는 사실입니다. 물론 환급받지도 못하는 것들을 말입니다. 또한, 작은 부동산이라도 하나 소유하고 있다면 일일이 나열하기도 어려울 정도의 세금들이 빼곡하게, 여러분들 지갑을 유린하고 있다는 것도 사실입니다.

하지만 사업은 다릅니다. 사업소득에도 당연히 리스크도 많고 여러 요인으로 위험도 있지만 그에 못지않게 사업자가 주도 적인 설계를 통한 통제의 여지가 있습니다. 사업소득은 수익이 발생할 때만 과세가 되고 그 과정에서 '경비공제'라는 강력한 제도를 활용할 수 있습니다.

즉, 경영을 잘하면 절세가 가능하며 손실이 발생하면 '결손금 이월'

등을 통해 향후에 사업을 통한 소득이 증가했을 때 세금을 차감받을 수도 있습니다. 게다가 부가세를 정기적으로 환급 받을 수 있다는 점 역시 근로소득자에게는 없는 큰 차이입니다. 월급 생활자의 '유리지갑'과 달리, 사업소득 자는 스스로 '수익과 세금을 설계'할 수 있는 주체가 되는 것입니다.

물론 모든 사람이 큰 사업을 할 필요는 없습니다. 은퇴 이후의 사업은 '생존형'이 아니라 반드시 '지속형'이어야 합니다. 이 부분에서 '장사'를 할 것인지, '사업'을 할 것인지로 크게 나누어 생각해 보아야 합니다. 큰 수익을 목표로 하기보다 자신의 역량과 경험을 기반으로 한 작은 시스템을 만드는 것이 바람직합니다.

시스템은 단순히 돈을 많이 버는 구조가 아니라 자신의 삶을 안정되게 유지하고 사회와 여전히 연결되며 자신과 가족을 지킬 수 있는 지속 가능한 우물형 자산 구조가 되어야 합니다.

필자는 은퇴를 준비하며 5년이라는 시간을 오로지 '시스템을 설계하는 일'에 집중했던 것 같습니다. 그 결과, 지금은 몇 개의 회사를 운영하고 있고 각 회사는 서로 연결되어 시너지를 내고 있습니다. 이제는 이러한 경험을 바탕으로 많은 분들에게 '솔루션'을 제공하고 있으며 제 노하우를 세미나와 강연을 통해 나누고 있습니다.

누구든 스스로의 여건과 상황에 맞는 시스템을 설계할 수 있습니다. 많은 생각을 하시기를 권합니다. 그리고 준비하고 실행하시기를 바랍니다. 통제할 수 있다면 그것은 더 이상 위험이 아니라 여러분들이 직접 선택한 삶의 또 다른 이름이 될 것입니다.

*"주인이 되는 삶을 준비하길 바랍니다."*

# 준비에 필요한 건 용기

'은퇴 이후의 시간'을 생각하는 지난 시간 동안 가장 중요하게 여겨 온 단어는 '준비'였습니다. '생각하고', '계획하고', '실행'에 옮기는 그 모 든 과정은 결코 쉬운 일이 아니었던 것 같습니다. 주변 지인들과 관계 가 멀어지고, 때로는 깊은 고독 속에서 자신과 싸워야 하는 시간들이 많았습니다.

고독은 직접 겪어 보지 않은 사람에게는 말로 설명하기 어려운 외로 움입니다. 결과가 나온다면 다행이겠지만 과정에서의 불안과 의문은 더욱 스스로를 힘들게 만들기도 했던 것 같습니다.

"준비는 결단이며, 큰 용기입니다."

가볍게 시작해서는 안 되고, 쉽게 마음을 내어 줘서도 안 될 일입니 다. 저는 그런 과정을 정말 오랜 시간 거쳐 왔습니다. 그리고 지금도 여전히 어젯밤의 외로움을 견디며 오늘을 다시 시작하기도 합니다. 은퇴하기 얼마 전, 퇴직자 교육에서 오랜 동료를 만나 식사를 함께했을 때의 일입니다. 서로의 앞날을 이야기하던 중, 그동안의 커리어와는 전혀 다른 길을 준비해 온 과정에 대해 설명하자 그는 믿기 어렵다는 표정으로 물었습니다.

"그 많은 일을 어떻게 혼자 준비했냐?"고 말입니다.

짧은 시간 동안 저의 오랜 준비의 이야기를 모두 전할 수 없었습니다. 그건 긴 세월 동안의 사고와 시행착오, 그리고 수많은 고독의 시간 속에서 차곡차곡 다져 온 저만의 길고도 험한 여정이었으니까 말입니다. 아마 언젠가 그가, 저의 이야기를 우연한 기회에 강연이나 책을 통해 다시 마주하게 될지도 모르겠습니다.

"준비는 결코 쉽지 않습니다."

삶의 한 축을 새로 세우고, 스스로를 단련하며, 은퇴 이후의 시간을 다시 개척하는 일은 엄청난 용기 없이는 결코 불가능합니다. 그렇기에 준비에도 용기가 필요하다고 생각합니다.

어젯밤 딸아이로부터 전화가 왔습니다. "아버지, 제주에 혼자 계셔서 외롭지 않으세요?" 저는 웃으며 대답했습니다. "아빠는 지방과 해외에서도 십여 년을 혼자 있었어. 이제는 익숙하지." 그 짧은 대화 속에서도 이상하게 고마움이 마음 깊이 밀려왔습니다. 가족의 걱정이 그토록 따뜻하게 느껴질 줄은 몰랐습니다. 퇴직을 앞둔 많은 분들께, 은퇴를 먼저 경험한 사람으로서 드리고 싶은 말이 있습니다.

"준비는 늦지 않게, 그러나 용기 있게 시작해야 한다는 것."

용기를 내어 세상으로 나아갈 준비를 하시기 바랍니다. 그 용기는 두려움을 없애기 위한 것이 아니라, 두려움 속에서도 걸어 나가기 위한 힘입니다. 제가 좋아하는 가수 '임재범' 님이 있습니다. 그분이 최근에 은퇴를 선언하는 인터뷰를 보고 "시간이 많이 되었구나."라는 것을 느꼈습니다. 그분의 노래 가사 중에서, 힘겨웠던 방황을 마치고 세상에 당당하게 나아간다는 가사가 위로가 많이 되었던 것 같습니다.

'여전히 필요한 용기'

## 마치며…
## 끝은 항상 새로운 시작입니다

은퇴라는 단어는 참 낯설고 걱정되고 여전히 불안함을 마주하게 합니다. 두 글자 안에는 '끝'이라는 의미가 숨어 있지만 돌이켜보면 그것은 끝이 아니라 삶의 구조를 다시 설계하는 시작점이 되어야 합니다. 저 역시 그 길을 오랜 시간 걸어왔습니다. 한때는 '조직의 일원'으로 매일매일 주어진 책임을 다하며 살았습니다. 하지만 언젠가부터, 그런 수동적인 질서와 시스템이 나를 지탱하는 동시에 나를 구속하고 있음을 느꼈습니다.

그래서 더욱 준비가 절실하게 필요했습니다. 생각하고, 계획하고, 다시 스스로를 만들어 가는 시간을 갖게 된 가장 중요한 동기였던 것 같습니다. 그것이 바로 5년간의 기록이었습니다.

그 기록들을 지면을 통해서 모두 이야기할 수는 없지만 필자에게는 지금까지의 삶에서 가장 중요한 유산으로 남아 있는 것은 분명합니다. 은퇴 준비를 한다는 것이 단순하게 회사를 떠날 준비를 하는 것이 아닙니다. 삶의 무게중심을 바꾸는 일이며, 익숙했던 수동적인 질서에서 벗어나 스스로 지속할 리듬을 능동적으로 다시 만들고 회복하는 일입니다. 그 과정에서 많은 두려움이 있었습니다. "이제 나는 무엇을 해야 할까?", "누가 나를 필요로 할까?", "앞으로의 삶은 어떤 형태로 지속되어야 할까?" 하지만 생각보다 답은 가까이에 있었습니다. 내가 좋아하고, 잘할 수 있고, 시간이 지나도 지속할 수 있는 일. 그것이 결국 나의 두 번째 커리어가 되어 주었습니다.

다시 돌이켜 보면, 은퇴 준비는 곧 자기 탐구의 길고 험한 과정이었습니다. 스스로가 무엇을 진정으로 원하는지, 무엇을 비워 내고 어떤 것들을 남겨야 하는지를 수없이 자문하며 걸어온 길이었습니다. 그 많은 시간을 보내고 비로소 저는 '경제적 자유'보다 더 큰 자유, 즉 '진정한 본연의 자신'으로 살아갈 자유를 얻게 되었습니다.

처음에는 너무 작고 불완전했지만, 꾸준히 생각하고 실행한 끝에, 그 모든 것들이 제 삶의 또 다른 세포가 되고 자본이 되었습니다. 시스템이 가동되며 쏟아내는 에너지들은 삶을 유지시키는 커다란 원동력이며 다른 이들과 선한 마음으로 나눌 수 있는 경험과 지혜의 원천이 되었습니다.

이제는 확신할 수 있습니다. 은퇴는 단순히 인생의 후반전이 아니라, 삶의 또 다른 전성기가 될 수 있습니다. 그 시기를 어떻게 준비하고 맞이하는지에 따라, 남은 시간의 밀도와 의미가 완전히 달라집니다. 중요한 것은 '무엇을 잃었는가'가 아니라 '무엇을 다시 만들 수 있는가' 입니다. 생각이 행동으로 이어지고, 행동이 시스템으로 자리 잡으면, 그때부터는 모든 순간, 모든 날들이 무한한 가능성으로 채워집니다.

이 책을 덮는 지금, 여러분도 스스로의 시간을 설계하고 지금 바로 새로운 우물을 개척하시길 바랍니다. 우리가 살아가는 이유는 여전히 같습니다. 내일이 더 나은 오늘이 되기를 바라는 마음. 그 마음이 당신의 인생 2막을 밝히는 등불이 되길 진심으로 바랍니다.

*"준비된 은퇴는 끝이 아니라,*
*자신을 다시 완성해 가는 시작이다."*